聖夜と雪の誓い

少年花嫁《ブライド》

岡野麻里安

white heart

講談社X文庫

目次

物紹介

●松浦《まつうら》　忍《しのぶ》

都内の高校に通う十八歳の美少年。失われた玉川家《たまがわけ》の末裔《まつえい》で、夜の世界の三種《さんしゅ》の神器《じんぎ》の一つ「生玉《いくたま》」の継承者。女に見える呪《のろ》いをかけられている。御剣香司の婚約者を演じる代わりに呪いを解《と》く清めの儀を続けていたが、その方法では身に危険が及ぶことを知り、完了目前で中断する。香司とは身も心も結ばれ、恋人同士となったが、香司の勘当《かんどう》、複数の恋人疑惑を前にして⁉

●御剣香司《みつるぎこうじ》

陰陽師《おんみょうじ》の香道・御剣流の次期家元で三種の神器「八握剣《やつかのつるぎ》」の継承者。この春から大学に進学し、人気雑誌のトップモデル「伽羅《きゃら》」としても活躍している。絶大な霊力と美貌《びぼう》の持ち主。傲岸不遜《ごうがんふそん》な性格で、何不自由のない御曹司《おんぞうし》だが、実は愛人の子。紆余曲折《うよきょくせつ》の末に想いが通じ合った忍を心から愛し慈《いつく》しんでおり、その事実を父・倫《りん》太郎《たろう》に思いきって打ち明けてみるが……⁉

登場人

●鏡《かがみ》野《の》綾人《あやと》

大蛇《おろち》一族の当主で三種の神器「辺《へ》津鏡《つかがみ》」の継承者。忍を心から想っている。

●鏡野継彦《つぐひこ》

綾人の叔父《おじ》。暗黒の帝王になるため三種の神器を狙《ねら》い、一族から追放される。

●藤堂《とうどう》雪紀《ゆき》

香司との熱愛をスクープされた三十代の美人女優。香司と親密な間柄だが…⁉

●玉川慎《たまがわしん》之介《のすけ》

忍の祖父。ダム湖に沈んだ村の元住人で、御霊丸に会いたいと忍の旅に同行。

●戸隠《とがくし》

継彦に仕える軍師。同族からも恐れられ、忌《い》み嫌《きら》われるほどの冷酷《れいこく》非情な妖《あやかし》。

●鏡野静香《しずか》

出雲《いずも》の鏡野分家の長女。継彦に操られた後遺症で事件以来、眠りつづけている。

●御霊丸《ごりょうまる》

継彦の呪縛《じゅばく》から解かれた大井川の龍神《りゅうじん》。忍に呪いをかけた張本人のはずだが⁉

●横山《よこやま》

香司の元付き人。香司の勘当後は、忍の付き人となる。誠実で意外に人情家。

イラストレーション／穂波《ほなみ》ゆきね

聖夜と雪の誓い

少年花嫁《ブライド》

序章

杉の木のあいだから、はらはらと粉雪が舞い落ちてくる。

一人の少年が庭先にしゃがみこんで、積もった雪をかき集め、雪兎《ゆきうさぎ》を作っていた。

この少年の名は、松浦忍《まつうらしのぶ》という。

歳《とし》は十八。港《みなと》区芝公園《しばこうえん》にある紫文《しぶん》学園高校の三年生だ。

華奢《きゃしゃ》で小柄な体格のせいか、歳より幼く見える顔だちのせいか、いまだに中学生に間違えられることも多い。

時おり、小生意気な光を浮かべる茶色の瞳《ひとみ》とやわらかな栗色《くりいろ》の髪、陽《ひ》に焼けた肌。

今年の春先には「謎《なぞ》の美少女」モデルとしてCMデビューし、大ブレイクしたため、伝説となったほどの美貌《びぼう》の持ち主だが、当人には自分が美しいという自覚はまったくない。

身につけているのは、カーキ色のセーターとジーンズだ。

この寒空に、コートは着ていない。

忍がいるのは東京、文京《ぶんきょう》区の一角に立つ御剣《みつるぎ》家の敷地三千坪の豪邸——その庭である。

すぐ後ろには、母屋《おもや》と渡り廊下でつながった離れの洋館と日本家屋があった。

（えーと……目は南天《なんてん》の実がいいな）

忍は近くになっていた赤い実をもぎ、雪兎のちょうどいい位置に押しつけた。

目がついて、雪の塊は一気に兎らしくなった。

（笹《ささ》で耳つけようかな。えーと……笹、このへんにあったかな）

立ちあがって、白いものに覆われた庭木を爪先《つまさき》で軽く蹴《け》ると、かすかな音をたてて雪が落ちた。

その時、後ろから声がした。

「何をやっているんだ、おまえは？」

忍は濡《ぬ》れた手をジーンズで拭《ふ》きながら、振り返った。

渡り廊下に美しい人影が立っている。

やや長めの漆黒の髪、黒い瞳、透きとおるように白い肌、引き締まった長身の身体《からだ》。

身につけているのは、黒いズボンと黒いカシミアのセーターだ。

彼の名は、御剣香司《こうじ》。

十九歳の大学生で、陰陽師《おんみようじ》の香道、御剣流の次期家元だ。夜の世界の三種《さんしゆ》の神器《じんぎ》の一つ、八握剣《やつかのつるぎ》の継承者でもある。

夜の世界に関《かか》わっていない時は、若者むけの人気雑誌「ＡＸ」のトップモデルとしても活躍している。

モデルとしての芸名は、伽羅《きやら》という。

そこにいるだけでパッと光があたったように見える華やかなオーラは、天性のものだ。

父はこの御剣家の当主、倫太郎《りんたろう》だが、亡《な》くなった母親は愛人。正妻の俊子《としこ》が産んだ異母妹が一人いる。

もっとも、俊子もこの夏の事件で体調を崩し、今は実家に戻ってしまっているのだが。

「朝起きたら、雪降ってるからさ」

忍は、赤くなった頬《ほお》をこすって笑った。

朝起きて、着替えるのももどかしく、庭に飛びだしてしまったのだ。

東京っ子の忍にとって、雪は滅多に積もらない貴重なものだ。

香司の視線が雪兎に落ちる。

「おまえが作ったのか？」

「うん」

忍は、子供のように顔中で笑った。

香司が「まったく……」と言いたげな目になった。庭に降りてきて、恋人の陽に焼けた両手をつかみ、眉根《まゆね》をよせる。

忍の手は冷えきり、指先が赤くなっていた。

「こんなに冷たくなって。風邪《かぜ》でもひいたら、どうするんだ？」

雪に濡れた手を自分の頰に押しあて、香司は軽く忍を睨《にら》んだ。

「ひかねえよ、風邪なんか」

「ああ、そうか。なんとかは風邪をひかないというからな」

「なんとかじゃねえもん！　なんとかじゃねえもん！」

ポカポカと香司の胸を拳《こぶし》で叩《たた》く忍の姿は、どう見ても十八には見えない。

実際、学校では下級生にまで「可愛《かわい》い」と言われ、アイドル視されている。

香司は、さらに眉根をよせた。

「おまえ……その可愛さは異常だぞ」

「なんだよ。オレ、可愛くなんかねえぞ。男なんだから」

ぶつぶつ言う忍は、ふと香司を見上げて、微笑《ほほえ》んだ。

自覚はないが、たまらなく愛らしい表情だ。

「それより、清めの儀の百日目に雪ってよくねえ？　いい記念になりそうだな」

清めの儀というのは、忍にかかっている呪《のろ》いを解くための儀式である。

実は、忍には「女に見える呪い」がかかっているのだ。

呪いを解くには、朝晩二回、香をたく清めの儀を百日百夜のあいだ、つづけなくてはならない。

そのために、忍は御剣家に住みこみ、粗食で心身を清めつつ、清めの儀を受けていた。

しかし、百日百夜のあいだ、連続して香をたくというのは意外に大変なことで、忍は今までに四回失敗し、リセットしている。

五回目の清めの儀は細心の注意をはらって、つづけられていた。

そして、今日が運命の百日目である。

「忍、その清めの儀なんだが……」

言いかけて、香司がふっと言葉を呑《の》みこんだ。

(なんだろう?)

「いや、話は後だ。とにかく、家に入って、熱いシャワーを浴びてこい」

「うん」

忍の素直な反応に香司は微笑み、恋人の冷えきった唇に軽く唇を触れた。

「いい子だ」

「バカ……。子供あつかいするなよ。一歳しか違わねえのに」

忍の頬にいっそう朱が差したのは、寒さのせいだけではない。

腰を抱いて屋根の下に連れ戻そうとする香司の腕を押しやり、少し焦《あせ》りながら母屋のほうにむかう。

香司にキスされるのが、うれしくないわけではなかった。

ただ、もう少し人目をはばかってほしいと思う。

形だけの婚約者である二人が同性同士なのに本気で愛しあっているというのは、御剣家の誰《だれ》にも知られてはいけないことだった。

＊　　＊

清めの儀は、いつも御剣家の離れの和室で行われている。

床の間のある書院造りの部屋の中央には、すでに清水をはった水盤と香道具が用意されていた。

しかし、まだ倫太郎は来ていない。

セーターとジーンズ姿の忍は、慣れた動作でいつもどおりに、水盤の前に座った。

紺色の着物に着替えた香司が、そのむかい側に座る。

（ん？　今日は、香司が朝の清めもやるのか？）

普段は朝は倫太郎、夜は香司という分担である。どちらかが忙しい時は、朝晩の両方、同じ人間がやることもあるが、それは半月に一回あるかないかのことだった。

「忍、落ち着いて聞いてくれ」

あらたまった口調で、香司が言いだす。

(なんだろう?)

忍は、小首をかしげた。

「親父《おやじ》と相談して決めたんだが、今朝の清めの儀はやらない」

「えっ?　やらない……⁉」

呆然《ぼうぜん》として、忍は香司の落ち着いた顔を凝視した。

まさか、香司の口からそんな言葉が出るとは思ってもいなかったのだ。

(百日目だぞ?　百日間、すげぇがんばってきたのに、ここでリセットって……嘘《うそ》だろ?

そりゃあ、オレももうちょっと、このままでいてえとか思ったりもしたけど。でも、ここでやめるなんて、ありえねえだろ?)

香司の表情は真面目《まじめ》で、嘘や冗談を言っている様子はない。

「まさか、あと三ヵ月がんばってくれっていうんじゃ……」

「そうじゃない。違うんだ、忍」

香司が首を横にふる。

忍を見る瞳に、少しつらそうな光が浮かんだ。香司は香司なりに、この状況を申し訳ないと思っているようだ。

「じゃあ、なんで……?」

「先月、出雲《いずも》に行ったな。あの時、鏡野静香《かがみのしずか》から、このまま清めの儀をつづければ、呪いは解けるが、おまえの身に危険がおよぶかもしれないという話を聞かされた」

鏡野静香というのは、大蛇《おろち》一族の鏡野家の娘だ。

本家の当主、鏡野綾人《あやと》の従妹《いとこ》にあたる。

先月の出雲での事件の時、静香は大井川《おおいがわ》の龍神《りゅうじん》、御霊丸《ごりょうまる》の玉鱗《ぎょくりん》に憑《つ》かれ、正気を失って、香司を我がものにしようとしたのだ。

「まさか、時計塔での話って、それか……！」

「そうだ」

短く、香司が答える。

(そっか……。それで香司、時計塔から帰った後、態度が変だったんだ)

「でも、危険ってなんだ……？」

「わからん。ただ、鏡野静香には、女に見える呪いはおまえを護《まも》っていると聞かされた。それがどういう意味かは、俺《おれ》にも親父にもわからん。だが、無理に呪いを解けば、護りを失ったおまえが危険にさらされるかもしれない。だから、清めの儀は事情がわかるまで中止することにした」

「……わかった」

忍は、深いため息をついた。

がっかりするのと同時に、心のどこかで、ホッとしていた。

(じゃあ、まだ、このまま香司の側《そば》にいられるんだ……)

いつまでも、女に見える姿のままでいるわけにはいかないのはわかっていたけれど。

「だけど……うちの親になんて言おう。今日が百日目だってのは親も知ってるし、オレが男に見えるようになるのをすごく楽しみにしてる……。清めの儀自体が中止って言ったら、大騒ぎするぞ」

「そうだな。まだ事情は話せないから、リセットしたということにしておいたほうがいいかもしれん」

目を伏せて、香司が呟《つぶや》いた。

「リセットか……」

(がっかりするだろうな……。特に母さん)

忍は、もう一度、さっきより重いため息をもらした。

両親ばかりではない。

親しい友人である五十嵐《いがらし》浩平《こうへい》や桜田門《さくらだもん》春彦《はるひこ》、片倉《かたくら》優樹《ゆうき》の三人もきっとがっかりするだろう。

呪いが解けたら、みんなでお祝いをしようと約束したのはついこのあいだのことである。

「どの程度の危険なんだろう……」

忍は、ポツリと呟いた。

香司は水盤を見、しばらく逡巡《しゅんじゅん》してから、正直に答える。

「親父は、無理に呪いを解けば、命の危険もあるかもしれないと言っていた」

「え？　マジで？」

忍の声のトーンが低くなる。

（命の危険!?　そこまで危ねえのか？）

「無理につづければ、な。……だが、約束する。なんとしてでも、安全に呪いを解く方法を探し出す。俺の人生を懸《か》けてでも」

熱っぽい口調で、香司がささやく。

忍を見つめる瞳は、怖いほど真剣だ。

「香司……」

忍はドキリとした。

人生を懸けるなどという言葉は、生半可《なまはんか》な覚悟で口にできることではないだろう。

（そこまで……オレのことを？　……いいのか、香司？）

「大丈夫だ。俺が側にいる。ずっと、おまえを護るから」

想《おも》いをこめた瞳で、香司が忍を見つめる。

夢のような言葉と、花嫁衣装を思わせる真っ白な雪景色。

「ホントに……？」

甘い期待を抱いてはいけないと思いながらも、心が震える。

香司の眼差《まなざ》しに、夢をみてしまいそうになる。

「おまえの呪いが解けたら……いや、解ける前にきちんと親父に話そう。忍のことを愛しているから、一緒に暮らしたいと」

「バカ！　さらっとそんなこと言うなよ……！　照れるじゃねえか！」

忍は、自分の両耳が熱くなるのを感じた。きっと赤くなっているに違いない。

「だけど……お義父《とう》さん、びっくりしないかな。男のオレとだなんて……」

「大丈夫だ。親父も鬼じゃない。真剣に話せば、わかってくれるはずだ」

「うん。そうだといいな」

忍の脳裏に、一つの光景が浮かんだ。

眩《まぶ》しい光のなか、倫太郎や香司の異母妹、沙也香《さやか》に祝福されながら、香司と肩を並べて歩く少年の姿の自分。

香司と二人で過ごす、穏やかな日々の明け暮れ。

（それも悪くねえな……。うん。悪くねえ）

「それ……いつ言うんだ？　今日か？」

少しためらって、忍は尋ねた。

口にしてしまってから、催促したようだと気がついて、軽い自己嫌悪《じこけんお》に陥る。

しかし、香司は催促されたとは思ってもいないようだった。

「いや、言う日はもう決めてある」

「決めてある？」

何か特別の内緒事《ないしょごと》のように言う香司は、いつになく楽しげだ。

「そのうち、わかる」

おいでと招かれて近づくと、香司が自然な動作で忍のカーキ色のセーターの肩を抱きよせた。

忍は、恥じらいながら恋人の温かな胸に頰を押しあてた。

開け放たれた障子《しょうじ》のむこう、ガラスごしに雪片がちらつくのが見えた。

第一章　一年目の夜に

雪の日から、十日ほどたった師走《しわす》の初め。

御剣《みつるぎ》家の離れの洋館は、華やいだ空気に包まれていた。

黒大理石の暖炉に、赤々と薪《まき》が燃えていた。

暖炉の上にはめこまれた大きな鏡に、玄関のガラス戸と着飾った来客たちの姿が映っている。

来客たちのあいだを、特別な日の制服に身を包んだメイドや従僕たちが音もなく行き交う。

暖炉の横には、本物の樅《もみ》の木のクリスマスツリーが飾られていた。

ツリーを彩《いろど》るのは、青と白の陶器のトナカイや金色の星だ。

「今日で一年ですわね」

「あのお嬢さんがねえ……。よく保《も》ちましたこと」

和服姿の上品な中年女性たちが、見るともなくツリーを見ながら、小声でささやきかわす。

女性たちは、御剣流香道の内弟子だ。

今夜、この離れで、香司《こうじ》の十九歳の誕生祝いのパーティーが華やかに開かれている。

内弟子たちは、その手伝いに呼ばれてきたのだ。

ほかにも御剣家の親族や、使用人の家族たちが招かれている。

本当は御剣家の内輪の人間だけの集まりだったのだが、結局、いろいろな事情で派手になってしまったのである。

パーティー会場の入り口では、桃色の振《ふ》り袖《そで》姿の美少女が次々に訪れる来客たちに頭を下げ、笑顔で何か話しかけている。

香司の異母妹、沙也香《さやか》である。

歳《とし》は十二。今年の春から中学校に通っている。

母親は違うが、小さな頃からお兄ちゃん子で、香司のことが大好きだ。兄の「婚約者」である忍に対しても、好意的な視線をむけてくる。

その時だった。

豪華な一階ホールに、ふいに足音も荒く、香司が入ってきた。

身につけているのは、この冬流行《はやり》の型の黒いスーツだ。

「もうたくさんだ！」

吐き捨てるように言う香司の後から、立派な着物の中年男性が追いかけてくる。

歳は五十代くらいで、厳《いか》つい顔だちだ。額や口もとには、深い皺《しわ》が刻みこまれている。

これが御剣流の家元で香司の父、倫太郎《りんたろう》である。

「香司！　このバカが！」

倫太郎の怒声に、来客と使用人たちが驚いたようにこちらを見た。

沙也香もびっくりしたように、異母兄のほうを凝視した。

香司の後から、赤い振り袖に身を包んだ美少女——忍《しのぶ》が駆けこんでくる。

栗色《くりいろ》のつけ毛をつけてアップにし、綺麗《きれい》に化粧している。

呪《のろ》いのせいか、生まれつきの華奢《きやしや》な体格のせいか、女装していてもなんの違和感もない。

「香司！」

（お客さんの前だぞ）

制止する忍の声にも、香司は足を止めなかった。

「よりによって、こんな日におまえという奴《やつ》は……！」

倫太郎が声を震わせた。

（ああああああ。やべえ。なんで、こんなことに……）

忍は、唇を嚙《か》みしめていた。

こんなはずではなかったのにと、それだけが頭のなかでぐるぐるまわる。

「今日がなんの日か言ってみろ、香司！」

「俺《おれ》の誕生日です。それがなんです？」

ムスッとした表情で、香司が父親を振り返る。

「おまえの誕生日を祝うために、料理人も執事もハウスキーパーも何日も前から準備をしてきた。私も仕事をやりくりして、今日のために時間を作った。それなのに、おまえという奴は……！　なぜ、今日という日にそんな話を持ちだす⁉」

「大事なことだからです」

「黙れ！　このバカ者めが……！」

倫太郎は、ギリリと唇を嚙みしめた。

来客たちが、ざわっとざわめいた。

これほど怒っている倫太郎を見るのは、初めてのことだ。

(香司……。謝れ。謝るんだ)

忍は、心のなかで必死に念じる。

しかし、香司にその想《おも》いは届かなかった。

「もっと、俺の話を聞いてくださってもいいでしょう」

「一人前に何を言うか……！　男と一緒に住みたいとは何事だ！　おまえのような奴は勘

当だ！」

倫太郎の声が、高い天井に響きわたる。

その場にいた人々が、小さく息を呑《の》む気配がした。

（勘当……）

忍も呆然《ぼうぜん》として、倫太郎の顔を凝視していた。

「お待ちください、お義兄《にい》さま！　お考えなおしください！」

慌てたような声がして、廊下のほうから瘦《や》せた中年女性が姿を現した。

歳は、四十代後半から五十代前半というところだろうか。

小さめの銀ぶち眼鏡《めがね》をかけ、長い黒髪を結いあげている。化粧はしていない。

身につけているのは、ビクトリアン調の茶色のロングスカートと白いブラウスだ。ブラウスの襟もとには、いつもはつけていない大きなオパールのブローチが光っていた。

これが、彼女なりのお洒落《しゃれ》らしい。

瘦せて静脈の浮いた手には、刺繡《ししゅう》のついた白いハンカチが握られていた。

この女性の名は、毒島和子《ぶすじまかずこ》という。

倫太郎の正妻、俊子《としこ》の妹で、現在は俊子の留守中、忍の教育係を務めている。

見た目と同様、堅物で、少しばかり浮き世離れした性格の持ち主だ。

忍のことは倫太郎と俊子が事実を伏せているため、見た目どおりの「少女」だと信じこんでいる。

「和子さん……いや、もう決めたことだ。香司は今すぐ荷物をまとめて、出ていきなさい」

容赦のない口調で、倫太郎が言い渡した。

息子を見据える瞳《ひとみ》には、この場の誰《だれ》にも鎮《しず》めようのない憤怒《ふんぬ》の色があった。

「香司さん、謝って」

小さな声で、忍は言った。

しかし、香司は炎のような目で忍を見、首を横にふった。

こちらも父と同様、一歩も退《ひ》く気はないようだった。

(香司のバカ……！　そこで意地を張るなよ！)

「おまえの気持ちはよくわかった。佐藤《さとう》」

倫太郎が押し殺した声で、執事を呼ぶ。

「お呼びでしょうか、旦那《だんな》さま」

ダークスーツ姿の上品な老人が、一階ホールに現れた。

「香司の部屋を片づけろ。荷物は捨ててしまえ」

「……かしこまりました」

執事は顔色一つ変えず、恭《うやうや》しい口調で答えた。

香司は肩をそびやかし、その場の人々に一礼して出ていった。

沙也香は両手で口を押さえ、泣きそうな表情で立っていた。

来客たちが哀れみと好奇の入り交じった目で忍を見ながら、コソコソとささやきあっている。

「お兄さま……」

「おかわいそうに、忍さん」

「婚約解消かしらね」

「お気の毒にねえ。蝶子《ちょうこ》さんのこともあったのに、今度は勘当ですって……」

蝶子というのは摂関家《せっかんけ》の血をひく美少女で、香司のもともとの婚約者である。

姓は、雨宮《あめみや》。

彼女が去年のこの日、「婚約は解消してほしい」という書き置きを残して逃げだしたため、たまたま香司と出会った忍が偽装婚約者を務めることになったのだ。

その後、蝶子は御剣家に戻ってきて忍と一緒に花嫁修業をはじめた。

そして、大蛇《おろち》一族の鏡野継彦《かがみのつぐひこ》に操られて倫太郎を刺し、御剣家の家宝を盗んで逃亡するという大騒ぎをひきおこしたが、それも夏の事件で一段落した。

しかし、世間はそういう事情までは知らない。

知っているのは、婚約の噂《うわさ》まであった蝶子がなぜか忍と香司の婚約発表後も御剣家に出入りしていたことと、ある時点からピタリと出入りが止まったこと、そして、義母の俊子が今年の夏から病気療養の名目で実家に戻ったきりだということだけだった。

一部では、俊子の病気は、香司と忍の婚約を破棄させようとして失敗したストレスが原因だとささやかれていた。

(連れ戻して、お義父《とう》さんに謝らせないと……。このままじゃ、本当に香司が勘当されちまう)

けれども、忍は凍りついたような空気のなか、動けなかった。

＊　＊

香司が勘当されてから、数日が過ぎた。

御剣家に取り残された忍は自分を責め、鬱々《うつうつ》としていた。

いっそ実家に戻ってしまいたかったが、両親を心配させると思えば、それもできない。

そんな日々に疲れた忍は、思いきって御剣家をぬけだした。

行く先は、港区《みなと》六本木《ろっぽんぎ》の高層ビル。

そこに、現在の香司の住まいがある。

クリスマス間近の六本木は、観光客やカップルで賑《にぎ》わっている。

地下鉄駅から吐きだされてくる人々は、ほとんどが連絡通路を通って、隣接する六本木ヒルズに吸いこまれてゆく。

そんな地下鉄駅からほど近い路上に、忍の姿があった。

ジーンズに白いVネックのセーターを着て、柿色《かきいろ》のヘチマ襟のニットコートを羽織っている。ニットコートは女物だ。

通り過ぎる少女たちが、チラチラと忍を振り返っていく。

「あの子、可愛《かわい》くない？」

「モデル？　すごく細い……」

ささやきかわす声は、忍のところまでは届かない。

（ここに香司がいるのか……）

横断歩道のむかいの高層ビルを見上げて、忍は思う。

ビルには家具つき高級アパートメント、グランド・ヒルズ六本木が入っている。

グランド・ヒルズ六本木はもともとは日本に長期滞在している外資系企業の重役むけの施設なので、高級ホテルのようなロビーがあり、かぎられた人間しか立ち入ることはできない。

地下には入居者専用のプールやスポーツジムがあり、ランドリーサービスや宅配便の受け取りなどの各種サービスも充実していた。

勘当されて御剣家を飛び出した香司はこのグランド・ヒルズ六本木に居をかまえ、モデル業に本腰を入れはじめたのだ。

忍が香司の住まいを訪れるのは、これが初めてだ。

倫太郎には、今後、香司とは会わないでほしいと言われている。

香司が勘当されたその日、来客たちが帰ってすぐ、忍は倫太郎に呼ばれたのだ。

――君が香司をたぶらかしたという言い方はすまい。こういうことは、どちらか一方に責任があるわけではない。だが、こういうことになった以上、婚約も解消せざるをえない。

――はい。あの……オレも出ていこうと思っていました。

こんな状況で、香司だけ出ていかせるわけにはいかなかった。

だが、倫太郎は首を横にふった。

――君は呪いが解けるまで、ここにいなさい。香司は協力できなくなったが、御剣家は責任をもって、君の呪いを解く。それに、鏡野継彦が君を狙《ねら》ってくる可能性があるうちは、ご自宅に戻るわけにはいかないだろう。

忍は、重いため息をもらした。

香司がいるからこそ、御剣家での生活に耐えられたのである。

それなのに、香司がいなくなってしまったら、この屋敷にはなんの魅力もない。

けれども、それは口に出してはいけないことである。

——わかりました。でも、オレの呪いが解けたら、香司の勘当も解いてあげてください。悪いのは、オレなんです。オレが女に見えるから、香司もつい気が迷うんだと思うんです。たぶん、女に見えなくなったら、香司も考えなおすと思いますから。

倫太郎にむかって、こんなことを言ったと知れば、香司は怒るだろう。

しかし、今は香司を御剣家に戻すのが先決だった。

忍の言葉に、倫太郎はため息をついたようだった。

——よい子だな、君は。……香司の件は、君は心配しなくていい。悪いようにはしないから。

忍にはわからなかったが、倫太郎も誕生日の夜は言いすぎたと思っていたのだ。

香司が先に謝罪してくれれば、すぐにでも勘当を取り消したいらしい。

——君には、横山《よこやま》を付き人としてつけよう。遠慮はいらないから、好きなように使いなさい。

横山というのは公家顔《くげがお》の中年男性で、香司の付き人だった。

だが、香司が勘当されたことで、その役目も解かれたのだ。

——次の土日にでも横山と一緒に寸又峡《すまたきょう》温泉に行って、龍神《りゅうじん》に会ってくるといいだろう。

――御霊丸《ごりょうまる》に……ですか？

――そうだ。御霊丸が正気に戻ったのなら、君の呪いについて何か教えてくれるかもしれない。それから、鏡野家のお嬢さん……静香《しずか》さんか、彼女が目覚めたら、出雲《いずも》に行って会ってきなさい。

――寸又峡に出雲ですか……。

――君のご両親も心配しているはずだ。御剣家としても、君が高校を卒業するまでには呪いを解いてあげたいと思っている。そのためには、費用や手間は惜しまないで、日本中、どこへでも行きなさい。いいね。

――はい……。ありがとうございます。

忍は、深く頭を下げた。

本当なら、香司のことで自分につらくあたってもおかしくないのに、倫太郎はどこまでも公正で誠実だった。

ただ一つ、「できれば、今後、香司には会わないでほしい」と言ったことをのぞいては。

（香司に会うな……か。そうだろうな）

それが、御剣家当主としての倫太郎の意思だった。

一方、毒島は何を誤解したものか、香司が勘当されたのは「忍さんという婚約者もありながら、男の子のことを好きになって、その子と一緒に暮らしたいと言いだした」からだと信じこんだ。

――忍さん、かわいそうに。そりゃあ、あなたは女性としては物足りない体型かもしれませんけれどね。でも、だからといって男の子に走るだなんて。信じられませんわ！　香司さんも何を考えているのかしら。

思わぬ同情のコメントをよせられて、忍も困ってしまった。

（えーと……オレが香司の好きになった男の子なんですけど）

だが、もちろん、そんなことを言うわけにもいかない。

――私がいたらなかったからですわ……。すみません、毒島さん……。

御剣家で暮らしはじめて、一年。

忍もその気になれば、育ちのいいお嬢さまのふりくらいはできるようになった。

――まあああ！　忍さんっ！

毒島が叫び声をあげたので、忍はびくっとなった。

（オレ……なんか悪いことした？　今のセリフ、やばかった？）

おどおどしながら、相手の様子をうかがうと、毒島は感動で瞳をキラキラさせながら忍の両手をギュッと握ってきた。

(ひゃあああああーっ！)

――忍さん！

――は……はいっ！

――あなたが謝ることなんか何もありませんわよ！　ええ。悪いのは香司さんですもの。本当に殿方って身勝手で、我《わ》が儘《まま》でどうしようもないわ。忍さん、こうなったら、なんとしてでも香司さんを取り戻しましょう。

――え？　取り戻す……ですか？

――そうですとも。その男の子に惑わされたのは一時のこと。女の魅力で、もう一度、香司さんをこちらに連れ戻すのですよ。

(お……女の魅力っすか……)

つい、毒島の痩せた胸もとに目がいって、忍は激しく咳《せ》き込《こ》んだ。

ハンカチで口もとを押さえる。

(マジかよ、毒島さん。まさか、色仕掛け？　ありえねえ)

――そんな……私はそんなはしたないこと……げほげほっ……無理です。げほげほっ。

――まあ、何をおっしゃるの、忍さん。女の魅力に訴えるのは、はしたないことではありませんよ。貴婦人なら、当然、身につけているべき嗜《たしな》みの一つです。もちろん、良家の子女にふさわしくないことは、この私がさせませんから安心なさい。

勝ち誇ったように言う毒島の顔を思い出して、忍はため息をついた。

（なんかなあ……。応援してくれるのはありがたいけど……）

横断歩道を渡れば、すぐにグランド・ヒルズ六本木の正面玄関だった。

ビルのまわりの街路樹には、クリスマスの飾り付けがされている。

夕方になれば、青白いイルミネーションが街路樹を彩るだろう。

信号が、赤に変わる。

忍は足を止め、慣れた手つきで携帯電話のメモ帳機能を開き、香司の部屋番号を確認した。一〇一五と入力してある。

＊　＊

同じ頃、グランド・ヒルズ六本木の一〇一五室で物憂《ものう》げな女の声がした。

「勘当されたなんて、やるじゃない」

玄関に、女物の傘が置かれている。

声の主は、居間にいた。

セミロングの髪を栗色に染めた美女だ。歳は三十代半ば。

胸もとまで深く切れこんだ淡い金色のニットを着て、ココアブラウンのスカートをはいている。スカートには、薊《あざみ》の花をデフォルメしたような幾何学《きかがく》模様が入っていた。

深みのある茶色のやや幅広のベルトが、細い腰を際《きわ》だたせている。

品のいいマニキュアを塗った指が、物憂げに金色のライターを弄《もてあそ》んでいた。

女の前には灰皿があり、口紅のついた煙草《たばこ》の吸い殻が一つ転がっていた。

彼女の名は、藤堂雪紀《とうどうゆき》。

宝塚《たからづか》出身で、実力派の人気女優だ。

彼女が出演するドラマは、軒並み高視聴率を叩《たた》きだしている。CMの好感度も高く、若い女性にとっては「こんなふうになりたい」という憧《あこが》れの人である。

香司とは、旧知の仲だ。

広い部屋には、ほのかに煙草の匂《にお》いが漂っていた。

煙に反応したのか、空気清浄機が自動的に作動しはじめる。

「お父さんの言うことを聞く、いい子ちゃんのままで生きていくのかと思っていたわ。遅めの反抗期ってわけ?」

テーブルにむかった雪紀の側《そば》で、香司は焦げ茶色のソファーに足を投げだして座り、クリーム色のクッションを弄《もてあそ》んでいる。

「反抗しているつもりはありませんよ。そんなに単純な話ではないんです」

「そう? じゃあ、もうお家には戻らないのね?」

「戻りますよ。いつか。……今ではありませんが、いつまでもこんな状態でいいわけはない。それはわかっています」

香司の言葉に、雪紀はしばらく黙りこんだ。

ややあって、口を開く。

「説教なんてガラじゃないけど、あなたが投げだした重荷が、今度は妹さんの……十二歳の女の子の肩にかかるのよ。それを考えてみた？」

「はい」

香司は真面目《まじめ》な顔になってソファーに座りなおし、雪紀をじっと見た。

「妹さん。苦しむわよ……」

「いつか、勘当は解いてもらうつもりです。沙也香にとって、結婚がまだ遠い先の話のうちに。俺にできるかぎりのことはします」

「それじゃ、可愛い婚約者はどうするの？　一年も家において、ずいぶん厳しい花嫁修業をさせたっていうじゃない。若い女の子の一年を無駄にさせて、放《ほう》り出《だ》すつもり？」

香司は、ため息をついた。

雪紀は香司が勘当されるきっかけになった相手と、婚約者が同一人物だとは知らない。

事実関係を伏せながらでは、雪紀が納得するような説明はできないだろう。

「放り出しはしません。フォローはつづけています」

「マメだこと。モテる男の条件の一つね」

女優は、喉《のど》の奥で笑った。

白い指が煙草をもう一本ぬきだし、火をつける。薄紫の煙が立ち上った。

「ねえ、香司、年の功で言わせてもらうけれど、こういうことは先に謝ったほうが勝ちよ。『ごめん』ですむことって、意外とたくさんあるの。特に家族のあいだではね。あまり意地を張ってはダメよ」

「俺が謝れば、あいつを好きになったことが悪かったと認めることになります。それだけは、できません」

少しきつい瞳になって、香司は答える。

「今のセリフ、あなたが過去につきあって、あっさりと捨ててきた女の子たちに聞かせてあげたいわ。あの身勝手な男が、こんなにまっすぐで純情で不器用になるなんて。愛の力って偉大ね」

ククッとやわらかく笑って、雪紀は煙を吐きだした。

「ずいぶん、彼女のことが気に入ったものねえ」

「いずれ、ご紹介しますよ」

「ありがとう。でも、嫉妬《しっと》のあまり、よけいな説教をしそうだから、遠慮しておくわね。これ以上、おのろけを聞かされるのもたまらないわ」

雪紀はまだ半分ほど残る煙草を灰皿に押しつけ、キュッと揉《も》み消《け》した。

優美な動作で立ちあがる。

「帰るわ。玄関まで送ってくれる、香司？」

＊　　＊

グランド・ヒルズ六本木に入ろうとした忍は、ふと背後から何者かの気配を感じた。

振り返ると、地味なスーツ姿の中年男性が二人、こちらをチラチラ見ている。

忍に見られたと気づいたとたん、二人はすいと視線をそらしてしまった。

（やべえなあ。オレ、Ｇｉｐ《ジップ》のＣＭの「謎《なぞ》の美少女」で一瞬だけ有名になったし……。そういえば、今着てるニットコート、女物なんだよな。バレなきゃいいけど）

慌てて、忍は足を早めた。

自動ドアを越えると、まるで何かの結界でもあったように気配はプツリと消えた。

忍は、少しホッとした。

次は、毒島がなんと言おうと男物を着てこようと心に決める。

フロントで香司の客と名乗って、来訪者カードに記入し、エレベーターのキーを受け取る。

「あちらの専用エレベーターからお乗りください」

フロントマンは香司から話を聞いていたのか、丁重な態度で忍に頭を下げた。

言われたとおり、エレベーターホールで待っていると、ランプが点灯しながら、ゆっくりと降りてきた。

やがて、エレベーターが一階につき、ドアが開く。

そこには、先客がいた。

サングラスをかけ、高価そうなキャメルブラウンのロングコートを着た女だ。手に携帯電話を持って、メールをチェックしているようだ。

香司の部屋にいた藤堂雪紀である。

しかし、忍はそれを知らない。

（綺麗な人だな。モデルかな？）

藤堂雪紀は携帯電話をブランド物のバッグにしまい、忍の横を音もなく通り過ぎてゆく。

一瞬、ふわりと雪紀の香水の匂いが忍の鼻をくすぐった。

忍はエレベーターに乗りこみ、香司の部屋のある階のボタンを押した。

＊　　＊

インターフォンを鳴らして待つこと数十秒。

一〇一五室のドアが開いた。

忍はあたりを見まわし、香司の部屋のなかに滑りこんだ。

少年たちは、玄関先でギュッと抱きあった。

「手が冷えている。外は寒かったろう」

気づかうような仕草で、香司が忍の手を包みこむ。

その顔は優しかった。

「うん。でも、もう大丈夫」

まぢかにある綺麗な顔を見上げて微笑《ほほえ》むと、香司は愛《いと》しげに忍を見下ろし、腰を強く抱きよせてきた。

唇に唇が重なる。

香司の唇は温かかった。

「よかった。会えて」

「そうだな。家は変わりはないか？」

「うん。あ、そうだ。横山さんが、オレの付き人になったよ。それで、香司の親父《おやじ》さんがオレに寸又峡温泉に行けって」

「そうか。……立ち話もなんだから、奥に入れ」

香司が忍の腰を抱いて、居間のほうに案内してゆく。

居間は二十畳はあるだろうか。ゆったりとした空間だ。

「うわあ……。高級ホテルみてぇだな。天井が高くて、家具もかっこいい。これ、ぜんぶレンタルなのか?」

「ああ。家電製品も一式そろっているし、壊れたら最新型に替えてくれるそうだ。毎日掃除もしてくれるから便利だぞ。何か飲むか?」

「んーと、オレ、コーヒー」

「わかった。砂糖とミルクつきだな」

香司がキッチンのほうに移動してゆく。

その時、忍はテーブルの上に異質なものを発見した。

ガラスの灰皿と煙草の吸い殻が二つ。

しかも、吸い殻のフィルターの部分には赤い口紅がついていた。

香司は煙草は吸わない。

だから、誰か訪問者があったのだろう。

赤い口紅をつけた訪問者が。

（さっきまで誰かいたんだ……）

そう思ったとたん、なぜだか胸が重苦しくなった。

（オレだって、今日が初めてなのに。オレより先に、誰かを部屋に入れたんだ）

そんなことを考えた自分が嫌で、忍は首を横にふった。

「昼飯はすんだか？」

いつもと変わらない様子で灰皿を片づけ、コーヒーを淹《い》れながら、香司が尋ねてくる。

忍は、努めて元気な声をだした。

「ううん。まだ……」

「そうか。じゃあ、ピザでもとるか。それとも、俺が何か作ろうか？　……といっても、俺もたいしたものは作れないんだが」

「え？　香司、作れるのか？」

少しびっくりして、忍は恋人の得意げな顔を見つめた。

お握りを作るだけで、柿右衛門《かきえもん》の皿や小鉢を割り、床に肉切り包丁を落とし、御剣家の台所をメチャメチャにした香司の姿はまだ忍の目にはっきり焼きついている。

あれから、何度もお握りを作ってもらったが、相変わらず海苔《のり》は焦げているし、米粒もつぶれている。

そのうえ、三角形でもなく俵形でもなく、泥団子のようにまん丸だ。

「カレーくらいならな」

忍の前に湯気の立つマグカップを置きながら、さらりと香司が言う。

自信たっぷりなのを隠そうとしているが、あまり成功しているとは言えない。

そんな香司が愛しくて、忍は思わず笑みをもらした。

「へえ……すごいな」

（カレーかあ。そういえば、一年以上食ってねえや）

なにしろ、清めの儀が中断しているにもかかわらず、食事制限はつづいているのだ。

これでは、身体《からだ》が保《も》たない。

「じゃあ、オレ、香司の作ったカレー食いたい」

「よし。材料の買い出しに行こう。近所に大正屋《たいしょうや》がある」

大正屋というのは、六本木に昔からある高級スーパーだ。

輸入物の高級食材も充実している。

「大正屋って高くねえ？　野菜も肉も」

「おまえが一緒に食事をしてくれるなら、俺は野菜や肉の値段なんか気にしないが」

香司は、パッと輝くような笑顔を見せた。

忍のことが好きで好きでたまらないと、顔に書いてある。

(そういうこと言う？　……照れるだろうが。バカ)

忍は頬《ほお》を染め、マグカップを手に取った。

煙草の吸い殻のことは、忘れようと思った。

(きっと気のせいだ)

「じゃあ、これ飲んだら行こう、香司」

＊　　　＊

グランド・ヒルズ六本木の前で、一人のラフな格好の青年がバイクから降りた。年季の入ったカメラバッグをしょっている。

ちょうど、携帯電話がかかってくる。

青年は携帯電話を耳もとにあて、声をひそめて話しはじめた。

「はい。……ええ、ちょうど、伽羅《きゃら》のアパートメントに着いたところです。例の美少女は先ほど、なかに入ったようです。……はい。了解です」

青年はあたりを見まわし、携帯電話を切って人目につきにくい位置に移動した。

＊　　＊

昼食時の大正屋の店内は、通りすがりの買い物客や近所の高級マンションの住人たちで賑わっていた。

そんな賑わいのなかを、絵のようなカップルが歩いてゆく。

カップルは、忍と香司だ。

香司は帽子を目深《まぶか》にかぶって、顔を隠している。

「なあ、香司、何カレーにする？」

「おまえが何を食いたいかによるな」

「そうだな……。じゃあ、チキンカレーがいいな」

「いいだろう」

香司はスーパーの籠《かご》を手にとり、意気揚々《いきようよう》と買い物をはじめた。

忍も弾む足どりで、香司の後からついていった。

十数分後。

レジの手前で、香司がため息をついていた。かなり参った表情だ。

「忍……おまえは何が食いたいんだ？　なんだ、この鰻《うなぎ》は？」

その手には、浜名湖《はまなこ》産の鰻の蒲焼《かばや》きのパックがある。買い物の途中で、忍が籠に滑りこませたものだ。

「肉より、うまいかと思って……」

「いや……それは、鰻はうまいが。……じゃあ、百歩譲って、このゴーヤと梅干しと軍手はなんだ？　チョコレートとヨーグルトもあるな」

「カレーにチョコレートとヨーグルト入れると、コクが出るって聞いたから……」

（え？　オレ、なんか間違ってる？）

慕る不安を押し殺し、忍はけなげに笑ってみせた。

「まさかと思うが、これをぜんぶカレーに入れる気じゃないだろうな？」

「ごめんな。オレ、香司の手伝いができるかと思って……」

そんな忍の肩を、香司ががしっとつかんだ。

「忍、言っていいか？」

「何……？」

「これは闇鍋《やみなべ》だ」

「え？　どこが？」

（闇鍋じゃねえだろ。スリッパとか雑巾《ぞうきん》とか入ってねえし）

ぱっちりした茶色の目を見開き、忍は不安げに尋ねる。

香司は「軍手が……」と言いかけて、深いため息をついた。

「わかった。材料は俺が用意する。いいな?」

「……いいけど」

(せっかく選んだのに)

シュンとなる忍を見て、香司は焦《あせ》ったようだった。

「鰻が食いたければ、鰻でもいいぞ? 鰻丼《うなどん》も悪くないな。梅干しとの食い合わせもばっちりだ」

(なんだよ。必死にフォローしやがって)

忍は、上目づかいに香司を睨《にら》みあげた。

「おまえ、オレがなんにも知らないと思って舐《な》めてるだろう?」

「いや、そんなことはない」

「オレだって、カレーの具くらい知ってる」

ムスッとして、忍は籠にキムチを追加した。

香司が、深いため息をつく。

通りすがりの青年が、忍を見て笑ったようだった。大正屋には不似合いなカメラバッグをしょっていた。

しかし、忍は青年にはまったく気づかなかった。

＊　　＊

忍の前に、香司がいい匂いのするカレーの皿を置いた。

香司の部屋の居間である。

カレーの側には、鰻と炊きたてのご飯が入った丼《どんぶり》も置かれていた。鰻の上には、山椒《さんしょう》の葉がのっている。

盛りつけも完璧《かんぺき》だ。

「すげえ……。うまそうだぞ、香司！　母さんが作ってくれるやつみたいだ」

忍は、目をパチクリさせた。

香司にこんなテクニックがあったというのが意外だった。

「実は、特訓したんだ。勘当される前に、うちのシェフに頼んでな」

忍を見下ろし、香司が微笑む。その両手の指には、七、八枚の絆創膏《ばんそうこう》が貼《は》られていた。

（もしかして、オレのために？）

「ありがとう、香司」

忍は立ちあがり、恋人の手をとった。

香司がうれしそうな顔になる。

肌を重ねたことはあっても、忍のほうから愛情を示してくれることは希《まれ》だ。

忍は照れ臭くてできないのだが、香司は少し寂しく思っている。

だから、こんなふうな態度をとられると、うれしさも倍増である。

「指、ごめんな。痛くねえ？」

まだ絆創膏を貼っていない傷を発見し、忍は香司の指をつかんで、そっと舐めた。

香司が目を見開く。

まさか、ここまでサービスしてもらえるとは思っていなかったのだろう。

忍は、照れたように笑った。

その笑顔は、罪作りなまでに愛らしい。

香司はまじまじと忍の唇を見、ゴクリと唾《つば》を呑みこんだ。

「香司？」

（どうしたんだ？　なんか、ぼーっとして）

忍は恋人の顔を見上げ、首をかしげた。

そのとたん、ぐいと抱きよせられ、激しく口づけられる。

「忍……」

「んっ……なんだよ……香司……！　ちょっと……やっ……」

抗《あらが》う指をつかまれ、そのまま床に押し倒される。

忍の綺麗な茶色の目が、大きく見開かれた。

＊　　＊

十数分後、香司は頬に紅葉《もみじ》の形の痣《あざ》をつけたまま、うつむいてカレーを食べていた。

がばっと押し倒した時につけられた痕《あと》である。

忍もその側で、うれしげにスプーンを口に運んでいる。

「うーん、うまい！」

上機嫌で、忍は微笑んだ。

香司も、微妙な表情で笑う。

「そうか。よかったな」

できたての食事を目の前に置いた状態で、忍を押し倒してはいけない。

そう学習した香司だった。

――カレーが冷めるだろ！　バカ！

さっきの忍の叫びと頬に走った衝撃を思い出し、香司はカレーを食べる手を止めた。

自分はカレー以下の存在なのだろうかと思って、その思考にあらためてショックを受けたのだ。

「香司、すごいよ！　天才！」

忍はそんな恋人の様子には気づかず、今度は鰻丼に手をのばした。

（料理上手だし、優しいし。オレ、香司とつきあっててよかった）

忍は、あの煙草の吸い殻のことはすっかり忘れていた。

＊　　　＊

陽《ひ》が暮れかかる頃、忍は香司のアパートメントを後にした。

夕方の風は、肌を刺すように冷たい。

（マジで寒いぞ。ニットコートじゃなくて、ちゃんとしたコートにしてくればよかったかも）

身震いしながら、忍は足早に地下鉄乗り場にむかった。

六本木ヒルズ前から、エスカレーターで地下鉄の改札フロアーまで降りてゆく。

（遅くなっちまった。早く帰んねえと、毒島さんに叱《しか》られる）

クリスマスムードの漂う長い通路を歩いていくと、ふいに背後から声がした。

「忍さま」

振り返ると、そこにダークスーツ姿の中年男性が立っていた。

付き人の横山だ。忍にむけられた顔は無表情で、その仮面の下で何を考えているのかはわからない。

(あ……。やべえ。見つかっちまった)

狼狽《うろた》えて、忍は目を伏せた。なんと言っていいのかわからない。

「お捜ししましたよ」

低い声で、横山が言う。

やはり、有能な付き人である横山をまくのは無理だったのだ。

「ごめん……なさい」

「香司さまのところに行かれたのですか?」

黙って、忍はうなずいた。

横山は無表情のまま、忍のニットコートの肩をつかんだ。

さほど力は入れていないが、「逃がしませんよ」という意思は伝わってくる。

「帰りましょう、忍さま」

「このこと……毒島さんたちには……?」

恐る恐る、忍は尋ねた。

もし、倫太郎や毒島に知られたら、面倒な騒ぎになるのは間違いなかった。

「言いません。その代わり、お一人で出歩かないでください。鏡野継彦の手のものが忍さまを狙っている可能性もございます。危険ですから」

「はい……」

うつむいて呟《つぶや》く忍の姿は、雨に打たれた花のようだ。

横山が何か言いたげな目になって、すっと手を離す。

「今回は地下鉄で戻ります。どうぞ、こちらへ」

改札口のほうまで丁重に案内されながら、忍は心のなかでため息をついていた。

今日は本当に楽しくて幸せだったのに。

横山が悪いわけではないが、彼の存在が自分の今の立場を嫌というほど思い出させる。

婚約破棄され、恋人と会うことさえ禁じられた御剣家の元婚約者。

（さっさと呪いが解けたら、あんな家、出ていきてぇのに）

地下鉄に乗りこむと、横山が忍に空いた座席を勧める。

落ち着かない思いで、忍はシートに座った。

周囲の人間たちが、チラチラとこちらを見ているような気がする。

どう見ても親子でも兄妹でもなさそうなスーツ姿の中年男性が、十代の「美少女」をエスコートしているのが不自然に映ったようだ。

ややあって、忍はポツリと尋ねた。

「横山さん……香司を御剣家に戻すのは、無理なんでしょうか？」

「それは、私の口からはなんとも申し上げられません」

無表情に、横山が答える。

「オレが……呪いを解いて、あの家を出るのが一番早いんですよね……。そうすれば、お義父さんも香司の勘当を取り消してくださるかも……」

「お気持ちはわかります。しかし、どうか焦らないでください、忍さま」

（そうは言っても……）

忍は、ため息をついた。

香司をいつまでも勘当の身にさせておくわけにはいかなかった。

「なんとかしたいんです。このままじゃ、絶対よくないから。香司のためにも、お義父さんのためにも」

切なげに呟く忍をじっと見、横山は視線をそらした。

忍の手助けをして、父子の仲を修復するために動くのは付き人の職分を超えている。

しかし、放っておけば、忍は勝手に動きまわるだろう。

おとなしくしていろと言われて、素直にそれに従う忍ではない。

（困ったかただ）

おそらく、倫太郎は忍のそういう性格も見通したうえで、横山をお目付け役としてつけたのだろう。

「物事には、時機というものがございます。今すぐ、この状況を変えることは難しいでしょう。忍さまが事件に巻きこまれることで、いっそう倫太郎さまと香司さまの亀裂《きれつ》が広がることも考えられます。どうか、今は無茶をなさいませんように」

忍は涙で潤んだ瞳で、横山をじっと見た。

横山は無表情に忍を見下ろし、少しためらってから、軽く頭を下げた。

「申し訳ありません。お叱り申し上げているわけではないのです」

「わかってます。横山さんは悪くないです」

それきり、屋敷に着くまで二人の会話はなかった。

＊　　＊

香司のアパートメントを訪ねた翌日だった。

「頼むよ、優樹《ゆうき》」

忍は、片手で友人を拝んでいた。

港区芝公園《しばこうえん》にある私立紫文《しぶん》学園高校。その放課後の教室だ。

クラスメートたちは思い思いにしゃべったり、帰り支度をしたりしている。

忍たちがいるのは、教室の後ろの窓際である。

「嫌だよ。ぼくは、あいつとはもう連絡とらないって決めたんだ」

不機嫌な声の主は、愛玩《あいがん》動物を思わせる小柄な美少年——片倉《かたくら》優樹だ。

癖のあるやわらかな茶色の髪、白い肌、ぱっちりした黒い目。耳にはピアス穴をあけ、ヘソの少し下には二匹の蛇がからみあう小さめのタトゥーを入れている。

見た目はチワワかポメラニアンのようだが、実は広域暴力団片倉組組長の息子である。

もっとも、当人は組を継ぐつもりはない。

将来の希望はアイドルである。

忍を誘って「美少年ブラザーズ」というバンドを作り、デビューを狙おうとしていたが、忍は首を縦にふらず、このままバンドの話は立ち消えかと思われていた。

しかし、先月、ついに「美少年ブラザーズ」は結成された。

メンバーは優樹とのっぺらぼうの化けた偽《にせ》忍だ。

のっぺらぼうというのは、御剣家がひそかに雇っている妖《あやかし》である。その仕事は、忍や香司が任務で長期間、東京を離れているあいだ、代わりに大学や高校に通って出席日数をカバーすること。

忍は、先月、出雲の事件の時に初めて、のっぺらぼうの存在を知らされた。

のっぺらぼうは忍の留守中、五十嵐《いがらし》たちともすぐ馴染《なじ》んだが、クラスメートたちの前で五十嵐を押し倒したり、勝手に優樹と「美少年ブラザーズ」を立ち上げたりといった悪戯《いたずら》もしていった。

　おかげで、忍は周囲の誤解を解くのに四苦八苦している。

「なあ、頼むよ、優樹。オレ、のっぺらぼうに用があるんだよ。一回、呼びだしてくれるだけでいいから」

「やだ」

　優樹は、ぷいと顔をそむける。

「なんでだよ？　おまえとのっぺらぼうは、バンド仲間なんだろ？」

「もう仲間じゃないよ、あんな奴」

　口を尖《とが》らして、優樹は言う。

「仲間じゃないって……？」

（どういうことだよ、それ？）

　まじまじと優樹を見つめる忍の横で、人好きのする顔だちの少年がため息をつく。

「バンドは音楽性の違いで、解散したそうだ」

　彼が、五十嵐浩平《こうへい》だ。

　ほとんど手を加えていない黒髪と陽に焼けた肌、恵まれた長身の身体を持つ彼は忍の親友で、ジュニア代表の合宿にも参加する前途有望なサッカー少年である。

　そのテクニックは超高校生級と言われている。

屈託がなく、明るい性格なので男女問わず、人気がある。

一年以上のつきあいの木村里美《きむらさとみ》という彼女もいる。

しかし、内輪の友人たちのあいだでは「本命は忍だろう」と冗談交じりに言われていた。

当人だけは、「親友と恋人は別」と主張しているのだが。

つい最近、サッカー特待生として都内の難関私立大学への推薦入学が決まったため、受験勉強中の仲間たちからうらやましがられている。

ちなみに、五十嵐が来年から通うのは香司と同じ大学だ。

五十嵐は忍が最終的には御剣家のコネを使って、香司の後輩におさまるだろうと計算している——らしい。

「ええーっ⁉　音楽性の違いっ⁉　なんだよ、それ？」

「あいつ、木琴とかトライアングルとかやりたがるんだもん。ぼくは、ロックがいいのに」

ブスッとした顔で、優樹が言った。

「それって、音楽性の違い以前の話じゃねえのか」

忍は、チラと五十嵐を見上げた。

五十嵐も、学生服の肩をすくめてみせる。

「のっぺらぼうに会って、どうするつもりなんですか、忍は？」

穏やかに尋ねたのは、ふちなし眼鏡をかけた癒《いや》し系の少年だ。

優しげな顔だちと脱色していないのに茶色く見えるサラサラの髪、白い肌、いつも笑っているような細い目、長身の身体。

彼の名は、桜田門春彦《さくらだもんはるひこ》という。

父親は暴力団担当の鬼刑事で、その筋では「鬼の桜」と呼ばれている。

優樹の親の仕事は知っているが、桜田門自身はまったく気にしていないようだ。優樹のほうも、平気で桜田門を家に呼んだりしている。

「え……。どうするって……」

(言えねえ。香司が勘当されて、オレも香司に会うなって言われてて、なんとか身代わり作って、あいつに会いたいなんて)

少しためらい、忍は曖昧《あいまい》な笑みを浮かべた。

「いや、いいや。やっぱり。のっぺらぼうに連絡とらなくても」

「いいのか？」

優樹が眉《まゆ》をよせ、尋ねてくる。

頼みは断ったものの、忍の反応で少し心配になったようだ。

「うん。たいしたことじゃねえんだ」

みんなが心配してくれるのは、ありがたいと思っていた。

しかし、いくら親しくても今回のことをすべて話すわけにはいかない。

「なら……いいけど。なんかあったのか、忍？」

「なんでもねえ。大丈夫だ」

忍は、ニコッと笑ってみせた。

五十嵐たちが顔を見合わせる。

明日で呪いが解けると言って、ニコニコしていた忍を見たのはほんの十日ほど前のことだ。

しかし、翌日、学校に来た忍にはなんの変化もなかった。

その翌日も翌々日も。

目に見えて沈みこんでいる忍を前に、五十嵐たちはなんと言っていいのかわからなかった。

また失敗して、リセットしたらしいのは間違いないのだが、忍が自分から言わないうちは根ほり葉ほり訊《き》けるものではない。

「なあ、そういえば、昇竜軒《しょうりゅうけん》、もうちょっとでリニューアルオープンだって」

少し慌てたように、五十嵐が言った。

昇竜軒というのは、学校の近くにあるラーメン屋だ。

昔ながらの醤油《しょうゆ》味だが、スープにコクがあり、自家製の麺《めん》がうまいので人気があった。

「リニューアルオープン？　なんだ、それ？」

忍は、目を瞬《しばたた》いた。

「ああ、そうか。最近、おまえ、ずっと車だから知らないんだな。親爺《おやじ》さんが入院して、休業中なんだ。店の前に張り紙がしてあった。でも、来週、復活するらしいぞ」

五十嵐が説明してくれる。

「へえー……そうなんだ。リニューアルオープンって、どうするんだろう。オレ、あの店のレトロな雰囲気が好きだったんだけど。変にお洒落になったら、嫌だな」

「まあ、大丈夫でしょう。朝晩見ていますが、そんなに大規模な改装はしていないみたいですよ。またそのうち、一緒に行きましょうね、忍」

桜田門は、ふちなし眼鏡のむこうの細い目をいっそう細くして笑った。

「うん」

忍も笑みを返す。

当人には自覚はないが、その笑顔はアイドル顔負けの愛らしさだ。

御剣家で、物理的にも精神的にも磨きぬかれた成果である。

ちなみに、一年ほど前から始まった週に二回のエステは忍の希望で週一回に減らされたが、いまだにつづけられている。

優樹はまじまじと忍を見、ほうっとため息をついた。

「忍、美人になったなあ……。いつもいい匂いがするし、お肌なんか透明感があって、卵みたいにつるつるだ。ねえ、御剣なんかとつきあうのやめて、ぼくと……」

言いかけた優樹の口を桜田門と五十嵐が同時にふさぐ。

「やめろ、優ちゃん！」

「そういう和を乱すような発言は、禁止です」

(はあ?)

忍は、首をかしげた。

優樹たちの反応はいまいち、よくわからない。

(おまえたち、なんか変だぞ)

じゃれあう少年たちを、クラスメートたちが少しうらやましそうにながめている。

仲良し四人組の輪のなかに入りたいのだが、中心にいる忍があまりに綺麗なので、気後《きおく》れして声がかけられないらしい。

＊　　　＊

同じ頃、闇のなかで荒い息づかいがしていた。

「おのれ……松浦忍《まつうら》め……」

軋《きし》るような声で言ったのは、壮年の紳士だ。

髪は銀色で、瞳は漆黒。男性的な顔は整っていたが、今はひどく疲れ、病んでいるように見えた。もともと白い頬は血の気《け》を失い、目の下にくっきりと隈《くま》が浮いている。

身につけているのは、灰色の着物だ。胸もとに血の滲《にじ》んだ包帯が巻きつけられているのが見える。

彼が鏡野継彦。

大蛇一族の当主、鏡野綾人《あやと》の叔父《おじ》である。

性格は冷血で陰謀好き。流血を好む。大蛇一族の典型だ。

今年の夏に綾人への謀反《むほん》を企《たくら》み、失敗したため、現在は一族を追われ、流浪《るろう》の身となっている。

継彦がいるのは、時代劇にでも出てきそうな寝殿造りの屋敷だった。

青白い鬼火がふわふわと飛び交い、あたりを不気味に照らしだしている。

屋敷のなかは埃《ほこり》っぽく、廃屋のようにがらんとしていて生活感がない。板張りの床には、黄ばんだ古い骨が散らばっていた。

何かの弾みに時空の狭間《はざま》に取り残された、古《いにしえ》の公家屋敷だ。

「お加減が優《すぐ》れないご様子。八雲《やくも》、継彦さまの薬を持て」

陰気な声で、黒ずくめの青年が言う。

瘦せて青白い顔をしている。黒いズボンに黒いコートという格好で、黒い帽子を目深にかぶっていた。

帽子からのぞく髪は脱色したような金色だ。

彼の名は、戸隠《とがくし》という。継彦の軍師である。

主《あるじ》である継彦が一族を追われたため、今は戸隠も行くあてもなくさすらいつづけている。

性格は暗く、冷酷非情。必要とあらば、平気で身内にも手をかけるので、同族の妖たちからさえ怖《おそ》れられていた。

「はい。お薬でございます、継彦さま。どうぞ……」

赤い髪の少年が継彦の口もとに、そっと木の椀《わん》を差し出す。椀のなかには得体の知れない赤黒い液体が入っていた。

少年は市松《いちまつ》模様の着物を着て、紺の袴《はかま》をはいている。名は、八雲といった。

「いらぬ!」

継彦は荒々しい動作で、木の椀をふりはらった。

「あ……!」

固い音をたてて床に転がった椀から、どろりとした液体がぶちまけられる。

赤錆《あかさび》に似た異臭が立ち上った。

慌てて床を拭《ふ》こうとする少年を尻目《しりめ》に、継彦はゆらり……と立ちあがった。

「お動きになられると、傷が治りませぬ」

暗い声で、戸隠が言う。

継彦の傷は先月の出雲での戦いの時、忍の〈大蛇切り《おろちぎり》〉によってつけられたものだ。

〈大蛇切り〉は黒鞘《くろさや》の小刀で、水性《すいしょう》の妖を剋《こく》する呪具《じゅぐ》である。水性の妖、とりわけ、大蛇一族にとっては致命的な武器となる。

小刀そのものは、継彦の胸に刺さった後、砕けた。

しかし、その呪力は今なお継彦を苦しめている。

「傷が治らぬのは、あの小娘が生きているせいだ。おのれ、松浦忍め……」

「松浦忍は男でございます」

「うるさい！　わかっておるわ！」

ガッシャーン！

継彦の手もとから小さな壺《つぼ》が飛び、壁にあたって砕け散る。

戸隠は、首をすくめた。

「気が立っておられるようですね。……もしお望みでしたら、憎《に》っくき松浦忍を殺してまいりますが」

継彦はギロリと戸隠を見、再び床に腰を下ろした。

その拍子に胸に痛みが走ったものか、大蛇は苦しげに眉根をよせた。

「バカが……。あれを殺せば、生玉《いくたま》も力を失う。だからこそ、ここまで煮え湯を飲まされながら松浦忍を生かしておいたのだ」

「では、まだ生玉を手に入れるのをあきらめていらっしゃらないのですね。執念深くていらっしゃりますな。さすがに鏡野本家のお血筋でございます。それでは、生玉の力を保ったまま、松浦忍も殺さずに支配する方法をお教えいたしましょう」

「言ってみろ」

不機嫌そうな継彦の視線を受けて、戸隠はニヤリとした。

「は……。熊野《くまの》の洞窟《どうくつ》に年経た雲外鏡《うんがいきょう》がおります。名を無量《むりょう》と申します。その名のとおり、かつては妖力《ようりょく》絶大な妖でしたが、現在は岩に半ば埋もれ、気息奄々《きそくえんえん》の状態にございます。この無量の腹のなかを、松浦忍の牢獄《ろうごく》にするのでございます」

「牢獄だと?」

「はい。松浦忍を捕らえ、生玉を奪って無量のなかに封じるのです。雲外鏡のなかには、虚無しかないと聞きまする。おそらく、虚無の闇のなかに閉じこめられた松浦忍は正気を失うことでしょう。しかし、命は失われません。虚無の世界で命がつづくかぎり、生玉が損なわれることもございません」

「おまえらしい陰惨な策だな」

「お褒めに預かり、光栄でございます」

主従は、互いの目をじっと見つめあった。

継彦の唇に、冷ややかな笑みが浮かぶ。

「まあ、よかろう。うまくいけば、御剣にも一泡噴《ひとあわふ》かせてやれる。無量が本当に使いものになるのかどうか、確認しておけ。……綾人には勘づかれるな。あれはまだ出雲にいるようだが」

「は……おまかせください。綾人さまには、いつもどおり鼠《ねずみ》の死骸《しがい》を送っておきます」

「鼠の死骸?」

「私なりのささやかな嫌がらせでございますよ。それでは、熊野に行ってまいります」

陰気な表情で笑い、戸隠は一礼して姿を消す。

それを見送り、継彦は眉根をよせた。

「本気で鼠の死骸を送っているのか、あいつは」

八雲は何も答えない。

継彦はため息をつき、パチンと指を鳴らした。

そのとたん、闇のなかから妖気が立ち上る。

「お呼びでございますか、継彦さま」

冷ややかな男の声が聞こえてきた。姿は見えない。

ただ、その一角に強い妖気が漂っている。

「牛鬼《うしおに》か。松浦忍を捕らえて連れてまいれ。傷はつけるな。邪魔をするものは殺せ。それが、たとえ御剣香司であったとしてもな」

「は……」

牛鬼の気配は闇のなかに沈みこみ、ふっと消えた。

継彦は脇息《きょうそく》にもたれ、クックッと笑いだした。

「覚えておれ、松浦忍め。今度こそ、地獄の苦しみを味わわせてくれる。人の世から切り離され、誰にも会えぬまま、雲外鏡のなかを永久《とわ》にさまよいつづけるがいい」

暗い笑い声が、寒々とした屋敷のなかに響きわたる。

笑い声は、しだいに勝ち誇ったような哄笑《こうしょう》に変わっていく。

第二章　水神《すいじん》の花嫁

師走《しわす》の風が、鉛色《なまりいろ》の湖の畔《ほとり》を吹き過ぎていく。

曇り空のもと、湖——島根県の宍道湖《しんじこ》を見下ろして、一人の青年が物思うような瞳《ひとみ》で立っていた。

やや長めの茶色の髪と陽《ひ》に焼けた肌が、今ふうの感じだ。王子のように端正な顔だちだが、どことなく軟派な印象がある。

身につけているのは、焦げ茶色に白のピンストライプの入ったスーツと絹のシャツだ。シャツはカーキ色、オリーブ色、白、薄紫、紫のストライプで、第二ボタンまで開けてある。ネクタイはしていない。

胸もとのポケットから、茶系の上品なポケットチーフがのぞいていた。

この青年の名は、鏡野綾人《かがみのあやと》という。

大蛇《おろち》一族——鏡野家の若き当主だ。

流血と陰謀を愛する、どちらかというと暗い気質の一族のなかにあって、飄々《ひょうひょう》とした性格の綾人は変わり者として知られていた。

妖《あやかし》のくせに人の世界に興味を持ち、「女に見える呪《のろ》い」をかけられた松浦《まつうら》忍《しのぶ》に恋している。

そして、忍に何度断られても、まだあきらめていない。

「綾人さま、お捜ししましたぞ」

ふいに、後ろから嗄《しゃが》れた老人の声がした。

「じいか」

綾人が振り返る。

そこには、痩《や》せた小柄な老人が立っていた。青灰色《せいかいしょく》の着物を着て、袴《はかま》をはいている。

江戸時代の人間のように、真っ白な髪をちょんまげに結っていた。

この老人は古くから鏡野家に仕える妖で、名を円山忠直《まるやまただなお》という。

お守り役として綾人を可愛《かわい》がり、大切にしているのだが、たまに度が過ぎて綾人に鬱陶《うっとう》しがられている。

「静香《しずか》の様子はどうだい？」

綾人の従妹《いとこ》である鏡野静香は先月——神在月《かみありづき》の事件以来、目覚めることなく、ずっと眠りつづけている。

静香の容態は悪くはなかったが、責任を感じた綾人は東京の本宅に帰らず、出雲《いずも》の分家屋敷にとどまっていたのだ。

ここ、ヤマタノオロチ伝説の残る出雲こそが、鏡野一族の故郷だ。

鏡野本家は江戸幕府の成立とともに東国に移ったが、分家は出雲に深く根を下ろしている。

「それでお捜ししていたのでございます。ようやくお目覚めになりましたよ」

「そうか。それはよかった。これで静香が元気になってくれたら、ぼくも安心して東京に戻れるよ」

ホッとしたような口調で、綾人が言った。

円山忠直が首をかしげる。

「お帰りになりたいのでございますか？」

「そりゃあ、もちろん。じいだって、むこうのほうが好きだろう？」

「そうでございますなあ。出雲もよい土地ですが、人が少ないせいか、怨念《おんねん》や血の臭《にお》いがあまりしませんでな」

老人は口もとに手をあてて、ニタリと笑った。

「いや、ぼくはそういう意味で言ったんじゃないんだけどね」

綾人は焦げ茶色のスーツの肩をすくめ、湖に背をむけて歩きだした。

吹きぬける風は冷たいが、大蛇たちは寒さは苦にならないらしい。

「そういえば、松浦忍さまが陸蒸気《おかじょうき》でお江戸を離れたそうでございますぞ、綾人さま。横山《よこやま》とかいう付き人が、ぴったりくっついております」

「うん。行き先は、静岡の寸又峡《すまたきょう》温泉だろう。そのうち、香司《こうじ》君もむこうで合流するんじゃないのかな」

「おや、これはお耳が早い。……よろしいのですか？　このまま、松浦忍さまを御剣《みつるぎ》の小《こ》倅《せがれ》のところに置いておいて……」

「それは面白くないけれどね。まあ、なるようにしかならないだろう」

のほほんとした口調で、綾人は言う。

本気でそう思っているのかいないのか、その表情からうかがい知ることはできない。

「いけませぬ！　それでは、綾人さま、このじいが水脈を伝って松浦忍さまのところに行き、あれよあれよという間にさらってまいりましょう」

「香司君に返り討ちにされるよ、じい」

「何をおっしゃいますか、綾人さま。我らは水気《すいき》を支配する妖ではありませぬか。人間の身体《からだ》のなかにも水気がございます。血潮という名の水気の流れ、これを操れば、いかなる人間といえども我らの思うがままになりまする」

老人は、ククククッと笑った。

その足もとから、濃い妖気《ようき》が立ち上る。

「そうそう簡単にいくといいけれどね。……じい、帰ったら、お茶にしよう。久しぶりに生姜糖《しょうがとう》が食べたくなったよ」

綾人は老人の言葉にはとりあわず、優美な動作で歩きだす。

やや長めの茶色の髪が、冬の風に揺れた。

「あっ、綾人さま！　お待ちください！　じいは本気でございますぞ！」

「うんうん。冬だから、京都の花びら餅《もち》もいいね」

「綾人さまー！」

主従の姿は近づいたり離れたりしながら、宍道湖から遠ざかっていく。

＊　　　＊

クリスマスまで、あと二週間ほどと迫った快晴の週末だった。

ほの白い冬の陽が、列車のホームを照らしだしている。

ホームから見えるのは、鄙《ひな》びた小さな町と冬枯れの山である。

静岡県のJR金谷《かなや》駅だ。

東京からは、静岡駅で乗り換えて一時間四十分ほどのところにある。

到着した電車から、一人の老人が降りてきた。

痩せた長身の身体にベージュのコートを着て、薄茶色の帽子をかぶり、黒い革の旅行鞄《かばん》を持っている。

草食動物のように穏やかな雰囲気の持ち主だ。

この老人の名前は、玉川慎之介《たまがわしんのすけ》という。

忍の母方の祖父で、元大学教授だ。定年で大学を退官した後も、ライフワークの民俗学を細々とつづけている。

見た目のとおり、穏和な性格で、孫の忍を可愛がっている。

小さな改札口をくぐると、そこに二人の人間が慎之介を待っていた。

ダークスーツ姿の横山と、オレンジ色のレザーダウンにジーンズという格好の忍である。

忍は、レザーダウンのなかに白いタートルネックのセーターを着ている。

「お祖父《じい》ちゃん」

忍は祖父に歩みより、旅行鞄を受け取った。

慎之介は忍を見、相好《そうごう》を崩した。

「大きくなったね、忍」

「……毎回、会うたびにそれ言うのやめてくれよ。身長、ぜんぜん伸びてねえのに」

孫の言葉に、慎之介は楽しげに笑った。

慎之介にとっては、小学生の頃の忍の印象が強いのだろう。

夏冬に会うたびに「大きくなったね」と言う。何度、やめろと言っても、会うたびにかならず言う。

忍もそれはわかっていて、祖父とのじゃれあいを楽しんでいるところがある。

「あ、そうだ。お祖父ちゃん、この人、横山さんです。オレの付き人の」

横山を紹介すると、慎之介は帽子をとり、丁寧に頭を下げた。

「祖父の慎之介です。忍がいつもお世話になっております」

「いえ、こちらこそ、忍さまにはご迷惑ばかりおかけしております」

折り目正しく、横山も頭を下げた。

ひととおり挨拶《あいさつ》が終わった頃、待合室のガラス戸を開き、外の駐車場から黒いスーツ姿の少年が入ってきた。

香司である。

最初、忍は香司が金谷駅に現れた時には驚いた。

どうやら、香司と横山は示し合わせていたらしい。

四人はこの金谷駅で合流し、寸又峡温泉にむかうことになっていた。

その目的は、大井川《おおいがわ》の龍神《りゅうじん》、御霊丸《ごりょうまる》に会い、忍の呪いについて話を聞くことだ。

慎之介にだけは、清めの儀がリセットになったのではなく、呪いの正体がわかるまで無期延期になったということは話してある。

慎之介も孫の呪いのことを心配していたらしい。

今回の旅について話した時、できるなら、自分も大井川の龍神に会ってみたいと言いだした。

忍は祖父がついてきてくれて、ホッとしていた。

ダム湖の底に沈んだ人麻呂《ひとまろ》村の元住人である慎之介ならば、何か呪いの手がかりをつかむことができるかもしれない。

「千頭《せんず》行きの電車は、一時間くらい後ですね」

横山が言う。

この後、金谷駅から、大井川鉄道で千頭方面にむかうのだ。

千頭まではSLも走っているが、今日のところは普通の列車を使うことになっていた。

「ラッキー！　じゃあ、オレ……」

忍はくるりとむきを変え、売店の弁当売り場を見た。

そこには、SLの絵の包装紙に包まれた弁当が何種類か置いてある。

夏に来た時、気に入って食べた桜エビの弁当もあった。

「全制覇禁止」

ボソリと香司が言った。

さすがに、恋人の行動パターンは熟知している。

「なんでだよ?」

「いくらなんでも太るぞ」

「えー? 旅の楽しみは、これしかねえのに!」

大声で言われて、香司は「俺と会うのは楽しみじゃないのか」と言いたげな顔になった。

自分は、弁当以下の存在なのかと思ったらしい。

だが、男らしく、それは口にしない香司だった。

「忍、お行儀が悪いよ。男は、食べ物のことで騒いだりしないものだ」

慎之介がさらっと言う。

(男? そうか。オレ、男だもんな)

「じゃあ、一個でいい」

腕組みして、忍は重々しい口調で言った。

横山が「東京駅で召し上がったばかりですが」と言いたげな目をする。

しかし、黙って財布をとりだした。

「では、どれになさいますか?」

「いや、横山さん。忍のぶんはぼくが買いますよ」

慎之介も財布をとりだし、微笑《ほほえ》んだ。滅多に会わない孫に弁当を買ってやる楽しみを奪われたくないらしい。

横山は穏やかにうなずき、引き下がった。

香司もそんな二人を横目で見て、とりだしかけた財布をスーツの懐《ふところ》に戻した。

結局、なんだかんだいって、忍に甘い三人だった。

やがて、千頭行きの電車が到着する。

忍たちは千頭まで大井川鉄道で行き、その後、南アルプスあぷとラインに乗り換えた。

南アルプスあぷとラインは、赤と白のツートンカラーの電車である。

ダム湖の横を走りぬけていく一両編成の電車は絵になるせいか、よく鉄道マニアたちが写真を撮りにやってくる。

だが、今日の車内には忍たち以外の乗客はいなかった。

電車の片側は切り立った山、もう片側には不思議なエメラルドグリーンの水をたたえたダム湖が見える。

「大井川の河童《かっぱ》たち、どうしてるんだろう」

ダム湖をながめながら、忍はポツリと呟《つぶや》いた。

その斜め前に座った香司も、ダム湖のほうに目をむけた。

「龍神が戻って、大喜びしているんじゃないのか」

た。


「うん。そうだよな。きっと……」

二人は、祈るように冬の山と湖をじっと見つめた。夏の事件で、河童たちがはらった犠牲は決して小さいものではない。石になった河童たちのためにも、今、生きている河童たちには幸せになってほしかった。

「ところで、その大荷物はなんだ?」

香司が、目で忍のボストンバッグを示した。

さっきから、気になっていたようだ。

「え?　これ?　買ってきたんだ」

忍はボストンバッグを開き、いそいそと中身を香司に見せた。

「……なんだ、これは?」

香司はボストンバッグのなかのスーパーの白いビニール袋と、そこから突き出した緑の物体を見、眉根《まゆね》をよせた。

「お土産《みやげ》の胡瓜《きゆうり》だよ。河童用の。こっちが御霊丸用の日本酒」

ワンカップの日本酒を見せられ、香司は微妙な顔になった。

「どうせなら、もっと高いのを買ってくればよかったんじゃないのか?　龍神が日本酒の味にうるさいかどうかは知らんが」

「え？　ワンカップって、おいしくないのか？」

他愛《たわい》ない会話をかわす少年たちを、慎之介が温かな目で見守っている。

一両編成の玩具《おもちゃ》のような電車は、切り立った山肌にそって走ってゆく。

やがて、南アルプスあぷとラインは山のなかの小さな停車駅についた。

＊　＊

冬木立のなかに、ダム湖はひっそりと眠っていた。

南国の海のような不思議なエメラルドグリーンの水は、夏に来た時と同じだ。

だが、ダム湖のまわりの草は枯れ、木々も葉を落としている。

慎之介が荷物のなかからベージュのカシミアのマフラーをとりだし、寒そうな忍の首に巻いてくれる。

香司が井川《いがわ》ダムを見下ろし、横山にむかって小さくうなずく。

「やれ」

「は……」

付き人はスーツの懐から呪符《じゅふ》をとりだし、湖面と水平に投げた。

「急々如律令《きゅうきゅうにょりつりょう》！」

そのとたん、呪符は白く光りだし、小さな彗星《すいせい》のようになって湖の上で旋回しはじめた。

慎之介が驚いたような目で、呪符を見た。

「あれは……？」

「呪符だよ。御剣流の」

「光っているねえ……。どういうからくりだろう」

霊能力とは無縁の世界で生きてきた老人にも、この呪符は視《み》えるようだ。

「オレにもよくわかんないや。……何やってるんだ、香司？」

忍は、小声で尋ねた。

「河童を呼んでいる」

「へえー……」

(あんなので呼ぶんだ)

忍と慎之介は、顔を見合わせた。

ほどなく、湖面が波立ちはじめた。

「来たな」

香司が呟く。

ふいに、水中から見覚えのある人の頭が浮かびあがってきた。

若い女のものだ。長い黒髪を首の後ろで結んでいる。

女は冬のダム湖をすいすい泳ぎ、忍たちのいる岸辺にあがってきた。

朱色の着物をはしょって、膝丈《ひざたけ》にしてある。袖《そで》もないので、カシュクールに帯を巻いたワンピースのようにも見える。

着物の合わせ目から、豊満な胸がのぞいていた。

布津《ふつ》が里《さと》の河童の長《おさ》、鮎子《あゆこ》である。

夏の事件の時、彼女の父の藻吉《もきち》は仲間の河童たちとともに石になり、今もこの井川ダムの底で地震鯰《なまず》を封印しつづけている。

「鮎子さん……。久しぶりです」

忍は、ペコリと頭を下げた。

鮎子は頰《ほお》にかかる後《おく》れ毛《げ》をかきあげながら、微笑んだ。

「松浦忍さま、御剣さま、お久しゅうございます。その節は、本当にお世話になりました。御霊丸さまがお帰りになって、仲間たちもたいそう喜んでおります。本当にありがとうございました」

「いえ、オ……私はたいしたことはできなかったんですけれど……。でも、ホントによかったです」

感謝されたのが申し訳なくて、忍は手を横にふった。

正気を失っていた龍神は、神在月《かみありづき》の出雲で自ら鏡野静香のなかにあった玉鱗《ぎょくりん》を取り戻し、巨大な白龍の姿で大井川《おおいがわ》に帰っていったのだ。

鮎子は、穏やかな目で忍を見かえした。

「それでも、お二方にはお礼を申し上げたいのですよ。お二人のなさったことがめぐりめぐって、御霊丸さまを助けてくださったような気がいたしますから。本当にありがとうございます。きっと、父も湖の底で喜んでおりましょう」

一瞬、忍の脳裏にこの夏の光景が甦《よみがえ》ってきた。

朝の光のなかで、首のあたりまで石に変わりながら、懸命に語りかけてきた河童の老人。

——玉川さま……龍神さまをどうか……。

——わかった。御霊丸……さまのことは、オ……私がなんとかする。かならず正気に戻して、この川に連れてくる。

忍が生まれて初めて、玉川家の人間として妖に約束した言葉。

(めぐりめぐって……助けることができたんだろうか)

それは、わからない。

「これ、要石の前に供えてください。……こんな袋で、すみません」

忍は、ビニール袋に入った胡瓜を手渡した。

鮎子は優しく笑って、胡瓜を受け取った。

慎之介は、キョロキョロとあたりを見まわした。

どうやら、老人には河童の姿は視えず、声も聞こえていないらしい。

「忍？　誰《だれ》かいるのかい？」

「あ……ごめん」

（忘れてた。お祖父ちゃんには視えねえんだ）

霊能力のない慎之介に、視えるはずがない。

「えーと……ちょっとビリッとするけど、驚かないでくれよ。一瞬だから」

忍は、祖父のコートの腕をつかんだ。

慎之介が、びくっと身体を震わせる。

その額に、うっすらと輝く三角の光が点《とも》った。

「おっ……。ホントだ。ビリッとしたよ、忍。これは静電気……」

老人は忍の触った部分をさすり、ふいにまじまじと河童を見た。

ゴシゴシと目をこすり、仰天したような顔で鮎子に目を注ぐ。

「視えるようになったろ？」

「これは……忍が視せてくれたの？　綺麗《きれい》な娘さんだねえ」

「うん。河童の鮎子さんだよ。オレ、なんでだかわかんねえけど、一年くらい前から、こういうことができるようになってさ。オレが触ると、みんな、妖が視えるんだ。だから、お祖父ちゃんにも視えるようになるかと思って」

「そうか」

慎之介は忍のレザーダウンの肩をそっと抱き、微笑んだ。

今まで忍や香司に話を聞かされても、半信半疑だった部分もあったのだろう。しかし、実際に不思議なことが起きてみて、ようやく自分たちの置かれた状況が腑《ふ》に落ちたらしい。

「これが、玉川家の力か。……三つの家の一つの」

「こちらは?」

鮎子が、少し不思議そうに慎之介を見ながら尋ねる。

「オ……私の祖父です。玉川慎之介といいます」

「まあ。あの玉川家の」

鮎子は、懐《なつ》かしげな表情になって微笑んだ。

慎之介も丁寧に頭を下げ、挨拶をする。

ひとしきり近況を話した後、鮎子が小首をかしげて尋ねた。

「ところで、御剣さまたちはこんな山奥まで何をしにいらしたのですか?」

「一つは、今さらだが、先月、出雲で御霊丸殿が正気をとり戻したというご報告。もう一つは、こちらに戻っておられる御霊丸殿にお話ししたいことがあったのだが……とりついでもらえるだろうか」

香司が答える。

「はい。御霊丸さまをお呼びしてまいりますので、少々お待ちください」

鮎子は、穏やかにうなずいた。

「手数をかける」

「いえ。これくらいのこと、なんでもございません」

ニコリと笑って、鮎子は水中に消えようとする。大事そうに胡瓜の袋を抱えていた。

一度、振り返って深々と頭を下げた弾みに、着物の合わせ目から豊かな白い胸がのぞいた。

(そういや……巨乳だったんだよな、この河童)

気になって、チラリと恋人の横顔を見ると、香司は鮎子にはまったく興味のなさそうな顔をしていた。

それで、忍は安心した。

(よかった。……って、何をホッとしてるんだよ、オレは)

横では、慎之介が「やはり胡瓜が好きなんだねぇ」と感心したような顔で呟いている。

＊　　＊

午後の陽が、ダム湖を照らしだしている。

巨大なコンクリートのダムの上に、不似合いな美しい影が現れた。

白い着物に黒袴《くろばかま》という格好で、艶《つや》やかな長い黒髪を背中にたらしている。

外見は二十二、三の美青年だが、漆黒の瞳の奥には人間の知らない悠久の歳月が秘められている。

眼差《まなざ》しや仕草の高貴さは、見るものの魂を圧倒するようだ。

この青年は大井川の龍神の化身で、名を御霊丸という。

かつては龍の心臓の上にある大切な鱗《うろこ》——玉鱗をなくしたために正気を失い、びっしょり濡《ぬ》れた髪に黒革のコートという姿で人間の世界を放浪していた。

鏡野継彦《つぐひこ》に捕らえられ、黄泉《よみ》という名をあたえられ、呪縛《じゅばく》されていたこともある。

しかし、先月の出雲での戦いで、御霊丸は失っていた玉鱗と自分自身を取り戻し、本来の龍の姿に変わって飛び去った。

「私に用か」

穏やかな声で、龍神が尋ねかけてくる。

（えーと……オレのこと、覚えてねえのかな。何回も会って話してるんだけど。錯乱してるあいだのことだから、忘れちまってるのかな）

忍は少しためらい、ペコリと頭を下げた。

「あの……はじめまして。松浦忍といいます」

隣で、香司も頭を下げている。

「御剣香司です。お呼びたてして申し訳ありません、御霊丸殿。こちらは、忍のお祖父さんで玉川慎之介さんといいます」

龍神はじっと慎之介を見、うなずいた。

「なるほど。玉川家の血だ」

「はじめてお目にかかります、御霊丸さま」

慎之介は腰をかがめ、深々と頭を下げた。

老人の顔には、隠しても隠しきれない興奮の色があった。

「不思議と、初めてお会いした気がしません。どこかでお会いしたことがあるような……」

「そうだろう。私はいつも、そなたたちの側《そば》にいた」

「そんな気がします。……人麻呂村がダム湖の底に沈んだのは、残念なことでした」

御霊丸は、微笑んだ。

「村の人々が無事ならばよい」

「ありがとうございます。おかげさまで、みな、元気でやっております」

龍神はやわらかな瞳で、慎之介にうなずいてみせた。

湖を風が渡っていく。

御霊丸の視線が、忍のほうにむけられる。

「そなた……松浦忍というのか。どこかで会ったような気もするが」

龍神は、音もなく忍に近づいてきた。

少し離れたところで、鮎子がこの光景をながめている。

「似ている……」

かすかな声が、御霊丸の形のよい唇からもれた。

(ん？　似てるって、誰にだ？)

白い指がのびてきて、忍の顎《あご》をつかむ。

(えええええ？　どうしよう……)

忍は、少し焦《あせ》った。

しかし、相手が龍神ではふりはらうわけにもいかない。

隣では、香司が不機嫌そうなオーラを発している。

慎之介も目をパチクリさせながら、孫と龍神の姿をながめている。

（うわあ。やべえ。どうしよう）

焦っていると、顔を仰向《あおむ》かされ、じっと瞳をのぞきこまれた。

龍神の瞳には、不思議な磁力があった。

見つめているうちに、頭がくらくらしてくる。

「あの……すみません……」

（なんか、ふらふらする）

白い指がそっと離れた。

「そなたは、私の想《おも》い人《びと》を思い出させる」

「え？　そうなんですか……？」

（想い人って……人間か？）

香司が、さりげなく忍の腕をつかんでささえる。

所有権を主張するような仕草だった。

「想い人というのは、どんなかたです？」

静かな声で、香司が尋ねた。

「小さくて、愛らしい娘だった」

御霊丸はじっと忍を見、懐かしげに微笑んだ。

「本当によく似ている。……あの娘は元気でいるのだろうか。会えるものならば会いたいと思って捜し歩いているのだが、村が水底に沈んで以来、消息がわからぬのだ」

(村って、人麻呂村だよな。人麻呂村に好きな人がいたのか?)

忍と香司は、目と目を見交わした。

慎之介も、まじまじと龍神を見つめている。

「もしや、そのお嬢さんは人麻呂村の子でしょうか?」

「そうだ」

何かを思い出すような表情で、龍神が呟く。

「では、そのお嬢さんはもう大人になっていますね。私どもの村がダムに沈んだのは、もう三十年以上昔の話ですから」

「そうか。人の世界では、それほどの時間がたったのか」

少し寂しげな表情になって、御霊丸が呟いた。

香司が尋ねる。

「捜しておいでの女の子の手がかりは、何かないでしょうか? もしかすると、行方がわかるかもしれません」

「手がかりか……。私が視せられるのは、これくらいだが」

御霊丸が、すっと白い手をあげる。

そのとたん、薄暗い地面から淡い光が立ち上った。

光のなかに、半透明の人の姿が浮かびあがってくる。

（え……？）

忍たちは、息を呑《の》んだ。

光のなかに視えたのは、五、六歳の女の子だった。

赤いサンダルをはいて、白いワンピースを着ている。やわらかな茶色の髪を肩までたらして、手に水晶の勾玉《まがたま》を持っていた。

愛らしい顔だちで、びっくりするほど睫毛《まつげ》が長い。

目もとと口もと、髪の質が忍によく忍に似ていた。

（あれ？　あの水晶の勾玉……生玉《いくたま》じゃねえか？）

忍は、目をみはった。

「これは……」

慎之介が、驚いたように呟いた。

「見覚えある、お祖父ちゃん？」

「春佳《はるか》だ」

「マジで⁉　母さん⁉　だって、生玉持ってるぞ！」

忍は、まじまじと女の子を見つめた。

顔だちは幼いが、目鼻だちはたしかに母親を思わせるものがある。

龍神が手を下ろすと、幻は消えた。

「間違いありません。うちの娘です」

慎之介が低い声で言う。

「そうか……。では、あの子は大きくなり、結婚して子供も産んだのだな」

龍神の穏やかな視線が、忍に注がれる。

(なんで……そんな目でオレを見るんだよ?)

言いたいけれども言えなくて、忍はただ黙って御霊丸の美しい顔を見上げていた。

「そなたの母は、幸せでやっているのか?」

「はい……。すごく幸せです。いつも元気で……」

「そうか。幸せならば、それでよい」

龍神の瞳に、懐かしげな光が揺れた。

「そなたは、母親に似ているな。いや、それ以上に愛らしく、美しい……」

(はあ?)

何を言われたのかわからず、忍はキョトンとして龍神を見つめた。

香司のほうは、忍より勘がいい。

ビリッと警戒するようなオーラを発した。

慎之介も香司とは別の意味で、心配そうな目になった。

しかし、何も言わない。

「そなた、松浦忍といったな」

「はい……」

「忍……。よい名だ」

やわらかな声が、忍の名を呼ぶ。

香司や綾人ともまた違った口調で。

しかし、やはり、そこには不思議な温かさと祈りのようなものがこめられていた。

白い両手がのびてきて、忍の手をそっと包みこむ。

（ええっ⁉）

龍神の肌は冷たいような気がしていた。しかし、忍の肌に触れた手には優しい温《ぬく》もりがある。

「私のもとで、ともに暮らさぬか」

「こ……困ります」

「心変わりはせぬ。ずっと大切にする」

龍神は、慈《いつく》しむように微笑んだ。

その一瞬、湖の色がいっそう深くなり、風が凪《な》いだ。

陽の光が、龍神のまわりで虹色《にじいろ》に煌《きら》めいたようだった。

(プロポーズ？　龍神がオレにっ⁉)

心のなかの叫びを顔に出すわけにはいかない。

忍は、かろうじて笑顔を作った。

「あの……もしかして、御霊丸さまにもオレが女に見えますか？」

「そなたが女に見えるから、このようなことを申し出たわけではない」

人間ならば、すねたと言ってもいい口調で、龍神が言い返す。

(あ、やっぱ、オレが男だってわかってるんだ。でも……これ、男でもOKってこと？)

それはそれで、さらに問題があるような気がする。

「でも……」

あたふたとする忍の横から、香司が低く言った。

「失礼。忍は、俺の婚約者ですので」

黒髪の少年は無表情だったが、全身から一歩も退《ひ》かないと言わんばかりの気迫が滲《にじ》みでている。

香司の側では、慎之介が複雑な顔をしていた。

呪いを解くために、忍が形だけ、香司の婚約者として御剣家に入ったことはこの旅が始まる前に教えられていたが、気持ちの上ではまだ納得できないでいるらしい。

龍神はふっと笑い、手を離した。

「先約があるということか。では、無理強《むりじ》いはしないでおこう。だが、忍、その人間に飽きたら、いつでも私のもとに来るがよい」

（やだよ）

しかし、そう言うわけにもいかず、忍は曖昧《あいまい》に微笑んだ。

「お気持ちだけ、ありがたくいただいておきます。……あの……でも、オレは男ですから、お嫁さんにはなれません」

「気持ちだけか」

龍神は、少し寂しげな目になった。

「ほかに何か望みはないのか？」

「望みは……あります。あの……オレに呪いがかかっているんですけど、それが解けるなら……」

「呪いか。たしかに、何かかかっているようだ」

「女に見える呪いなんですが、お心あたりはないでしょうか？」

忍は、ドキドキする胸を抑えて尋ねた。

まさか「あなたが呪いをかけたんでしょう？」とは言えない。

御霊丸は、じっと忍を見つめた。

魂の奥底まで見透かすような瞳だった。

「そう。呪いがかかっているようだ。記憶にないが、もしかして、私がかけたものだろうか」

「わかりません……」

(御霊丸が正気に戻っても、オレの呪い解けてねえし……)

龍神はそっと白い手をのばし、忍の額にかざした。

温かく心地よい霊気が、忍の肌に触れた。

ほのかに、苔《こけ》や花の匂《にお》いがする。

「もし、私がかけたものならば、解いてあげよう」

「お願いします」

忍は恐る恐る目を閉じた。

額に、不思議な熱を感じる。それは、不快な感覚ではなかった。

(解けるんだろうか……オレの呪い)

香司と慎之介が息をつめて見守っている気配がする。

ややあって、龍神がすっと手を離すのがわかった。

(解けた……のかな?)

何も変わっていないような気がする。

目を開けると、龍神が深い眼差しで、こちらをじっと見ていた。

「すまないが、この呪いは私には解けない。呪いというより何かに護《まも》られているようだが……邪悪なものではないな」

（呪いをかけたの、御霊丸じゃなかったのかな）

忍は、目を瞬《しばたた》いた。

今の今まで、御霊丸のかけた呪いだと信じこんでいたのだ。

それが違うかもしれないと言われても、急に気持ちを切り替えるのは難しかった。

「あるいは、何者かが呪いをねじ曲げたのかもしれないが、これ以上のことは私にはわからぬ」

「そうですか。ありがとうございます」

忍は、ペコリと頭を下げた。

失望はしていたが、それを龍神にぶつけるわけにはいかない。

龍神も、心なしか申し訳なさそうな顔になる。

「力になれず、すまぬ」

「いえ……いいんです」

「また来てくれるか？」

龍神の言葉に、忍は微笑んだ。

「ええ。また来ます。香司と一緒に」

「呪いをかけたの、御霊丸さまじゃなかったのかな」

座卓に肘《ひじ》をついて、ポツリと忍が呟いた。

「さあ、どうなんだろうね。御霊丸さまは、そのあたりの記憶がないようだから……」

蜜柑《みかん》の皮を剝《む》きながら、慎之介が穏やかな口調で言う。

冬の陽は、だいぶ傾いてきている。

龍神と別れ、寸又峡温泉の宿に戻った後である。夏の事件の時にも泊まった玉兎荘《ぎょくとそう》だ。

忍と慎之介のために用意された和室だった。

座卓をはさんで、むかいに香司が座っている。

横山は別室で、明日の準備をしていた。

「もしも御霊丸さまじゃないとしたら、誰がやったんだろう……」

「呪いをかけた相手をはっきりさせないといけないだろうな。今までの清めの儀への反応からしても、少なくとも犯人は水性《すいしょう》の何かだということは間違いない。御霊丸以外の龍神か、何か水性の妖《あやかし》か……。もう一度、調べなおしたほうがいいだろう」

緑茶の茶碗《ちゃわん》を口に運びながら、香司が言う。

「そうだね……。なんとかして、犯人をつきとめないと」

忍は、ため息をついた。香司の瞳が優しくなる。

「大丈夫だ、忍。俺がなんとかする」

「うん……」

少年二人は、互いの目を見つめあった。

遅い午後の陽《ひ》が青畳《あおだたみ》を照らしだしている。

短い沈黙の後、考え深げな瞳で慎之介が呟いた。

「そういえば、香司君、水性の妖と関係があるかどうかはわかりませんが、このあたりには龍神と人の関わりについて面白い話があるんですよ」

慎之介は孫の「婚約者」である香司に対して、ずっと年下なのに丁寧な口をきく。

香司は、慎之介をじっと見た。

「面白い話といいますと？」

「龍神の嫁取りというものがあるんです。ぼくが小さい頃は女の子が川や海で溺《おぼ》れて亡《な》くなり、遺体があがらなかった時には、龍神に気に入られて連れていかれてしまったという言い方をしたものです。この龍神は、御霊丸さまのことじゃないですよ。一般的な龍神の話ですが」

「え？　連れていかれたって、嫁として？」

忍は、目を見開いた。

香司も少し驚いたように慎之介の顔を見つめている。

「そうだね。龍神にとっては、花嫁となる娘を異界へ迎え入れたということになる」

「でも、それって……死んでるんだよね？　……っていうか、殺された？」

思わず、忍は身震いした。

香司が何か考えるような瞳になって、ボソリと呟いた。

「人と妖の感覚の違いだな。むこうはおそらく殺すつもりも、殺してしまったという罪悪感もない。気に入って、連れていっただけのことで、それで死んでしまうなんて、たぶん思いもしない。そういう存在なんだ」

「そうかもしれませんね。しかし、選ばれた子は災難です」

慎之介が、低く言う。

「えー？　それ、なんか怖えーよ」

怖がりの忍は、すでに腰が引けている。

慎之介は真面目《まじめ》な顔で孫を見、香司を見た。

「忍の呪いがどういった性質のものか、ぼくにはわかりません。しかし、水のなかのものに気に入られ、魅入られたとしたら用心したほうがいいでしょうな」

（え？　それって……まさか、オレが……）

忍の背筋に冷たいものが走る。

どういう意味かと確認したくても、怖くて訊《き》けない。

「それは……もしかして、水難の可能性があるということですか？」

横から、香司が静かな声で尋ねる。黒髪の少年は、厳しい顔をしていた。

（うわあ。やめろ。怖いじゃねえか）

「そうですね……。ないとは言えません。十八年間、水の事故と無縁だったのは、もしかすると『女に見える呪い』の副産物かもしれません」

「えー？　じゃあ、呪いを解いたら、オレ……」

（やべえじゃん。龍神にプロポーズされちまったぞ。それって水死の……うわあ）

本格的に怖くなって、忍は身震いした。少し涙目になっている。

「大丈夫だ、忍。そんなことはさせない」

はっきりした口調で、香司が言う。

慎之介も、うなずいた。

「脅かしてすまなかったね、忍。こうやって調べていけば、きっと安全に呪いを解く方法も見つかると思うよ。それに、『女に見える呪い』があるうちは何かに護られているはずだ。水に引きこまれることはないだろう」

「うん……」

忍はため息をつき、自分用の緑茶を一気に飲み干した。

冗談ではないと思った。

（オレ、プールとか海とか行くのやめとこう）

「このことは、春佳には黙っていようね」

ポツリと慎之介が言った。

「そうだね。あの性格だから、きっと心配するよな……」

（……っていうか、清めの儀がリセットになったたって思いこんでるから、それはそれで心配してるはずなんだよな。やっぱ、いっぺん顔出して、安心させてやんなきゃ）

そこまで考えて、忍はふう……とため息をついた。

手のなかの古ぼけたセピア色の写真を見下ろす。

写真には、小さな祠《ほこら》と女の子が映っていた。

慎之介がダム湖に沈む前に記念に撮っておいた、人麻呂村の歴史的な建物や史跡の写真のなかの一枚だ。

今回、龍神に会うので、呪いを解く何かの手がかりになるかもしれないと思い、アルバムごと持ってきたものである。

セピア色の写真のなかの女の子は、たしかに龍神のところで見せられた映像と瓜《うり》二つだが、それが料理研究家のカリスマ主婦として活躍している母親とは結びつかない。

「龍神の想い人って、やっぱ、母さんなのかなあ。ねえ、お祖父ちゃん、母さんって生玉持ってたのか?」

「そんなものがあるということさえ、知らないはずだけどねえ。少なくとも、ぼくは知らなかった。忍がこういうことになって、初めて知ったくらいだから。もちろん、うちが夜の世界の三種《さんしゅ》の神器《じんぎ》を受け継ぐ三つの家の一つだというのも、天から降ってきたような話でね」

慎之介は、考え深げな目で言った。

「あれが本当に龍神の見た光景なのか、イメージのようなものなのかも確認しないといけないでしょうね」

緑茶の茶碗を見下ろしながら、香司が呟いた。

忍の母、春佳に直接電話をかけると一時間は解放してもらえないので、少し苦手意識があるらしい。

ちなみに、春佳は伽羅《きやら》のデビュー当時からのファンで、スクラップブックも作っている。

「春佳には、ぼくからそれとなく訊いてみよう」

慎之介が淡々とした口調で言った。

「あ、そのほうがいいや。だけど、バレないように頼むぞ、お祖父ちゃん。ああ見えても、けっこう勘が鋭いんだから」

孫の言葉に、慎之介は可愛くてしかたがないといった顔で微笑んだ。

「わかってるよ」

「すみません。それでは、よろしくお願いします」

少しホッとしたように、香司が軽く頭を下げた。

いつの間にか、西の空が夕焼け色に染まりはじめている。

＊　　＊

夜のなかに、水音が響きわたる。

「誰かが呪いをねじ曲げるって……そんなことあるのかな」

「さあ……わからん」

少年たちは顔を見合わせた。

真夜中の大浴場の脱衣所である。

シーズンオフの冬のこの時期、宿泊客は忍たち三人と横山しかいない。

部屋割りは忍と慎之介が二人部屋、それに香司、横山がそれぞれ個室だ。

それぞれの部屋に露天風呂《ろてんぶろ》があったが、どの部屋も隣あっているので、なんとなく落ち着かない。

恋人たちはプライバシーをもとめて、大浴場にやってきたのだ。

むろん、よからぬ真似《まね》をするためではない。

湯上がりの忍は、浴衣《ゆかた》を羽織って籐《とう》の椅子《いす》に腰かけていた。

隣で、腰にタオルを巻いた香司が濡れた髪を拭《ふ》いている。贅肉《ぜいにく》のない裸の上半身に、水滴が光っていた。

(なんか……照れる……)

忍は、恋人のほうを見ずに洗い場のほうばかり見ている。

今夜は慎之介もいることでもあり、何もできないのはわかっていた。

香司も、極力、我慢しているようだった。

しかし、真夜中に裸同然の姿で二人きりである。

(意識するな……。バカ……)

「おまえから目を離すのは心配だな」

ボソリと香司が言う。

「大丈夫だよ。護られてるって言ったろ」

忍は素足をぶらぶらさせながら、答えた。湯上がりの踵《かかと》と足の指が、綺麗な薔薇色《ばらいろ》に染まっている。

「そうじゃない。大蛇に天狗《てんぐ》に、今度は龍神だぞ」

「何が？」

「おまえにプロポーズしてきた奴《やつ》だ。まったく油断も隙《すき》もない」

嫉妬《しっと》交じりに、香司が言う。

忍は、苦笑した。

（またかよ）

独占欲むきだしの香司が、愛《いと》しくてたまらない。

「プロポーズっていったって、ぜんぶ男じゃん」

「相手が女なら、いいのか？」

どことなく意地の悪い口調で、香司が食い下がってくる。

「そういう意味じゃねえよ。……わかってるくせに」

（オレは香司だけなんだから）

忍は、香司の左手をじっと見た。

そこには、狼《おおかみ》の指輪がはまっている。

忍の首にかかっている一角獣のペンダントと同じブランドの製品で、さりげなくおそろいになっている。

形のない想いを形にするための、一つの手段がこれだった。

「まずいな。そんな顔をするから……。おかしな気分になってくる」

苦笑して、香司が濡れた前髪をかきあげた。

その仕草が妙に艶《なま》めかしくて、忍はドキリとした。全身が急に火照《ほて》りはじめたのは、長湯しすぎたせいだろうか。

「バ……バカ！　ここじゃダメだぞ！」

少し焦って、忍は香司の裸の肩を押しやった。

手のひらに、恋人の肌の熱が伝わってくる。

「わかっている。父兄つきだからな」

ボソリと香司が呟いて、忍から離れた。

（当たり前だ。何考えてるんだよ、おまえは……！）

忍も脱衣所の鏡の前に移動した。

濡れた髪をドライヤーで乾かしはじめる。

鏡に映る香司が熱っぽい目で、じっとこちらを見ている。その眼差しは、どんな愛撫《あいぶ》よりも忍の肌を熱くする。

（そんな目で見るな……）

香司がふっと笑って、近づいてきた。

思わず、忍の手が止まる。

「挨拶くらいなら、いいだろう」

軽く唇に唇が重なる。

（香司……）

ドキリとして、忍は香司の腕をつかんだ。

挨拶代わりというには少々長すぎるあいだ、触れていた唇が名残惜《なごりお》しげにそっと離れていく。

少年たちは互いの瞳を見つめあった。

ふいに、香司が視線をそらし、浴衣に着替えはじめた。これ以上、忍の目を見ていると何をするかわからないと思ったらしい。

腰のタオルを外し、逞《たくま》しい肩に浴衣を羽織る。

忍はぼーっとしたまま、香司の綺麗な身体に見惚《みと》れていた。

肌をあわせたことは何度もあっても、恥ずかしいので、こんなふうにまじまじと香司の身体を見たことはない。

視線に気づいたのか、香司がこちらを振り返り、苦笑した。

「結んでくれるか？」

差し出されたのは、浴衣の帯だ。

忍は立ちあがり、香司の手から帯をとり、少したためらって恋人の腰に巻きつけた。緊張しながら結ぶ。

互いの吐息がかかるほどの距離だ。

意識するなと言われても難しい。

(なんか……香司、すげぇ色っぽいんですけど……。湯上がりで上気してるし)

どぎまぎして、忍は目を伏せた。

香司がもう一度、口づけしようと顔を近づけてくる。

しかし、唇が重なるより先に、香司はふっと目を細め、脱衣所の出口のほうに視線を走らせた。

(え? どうしたんだ?)

急に様子の変わった香司を見ながら、忍は目をパチクリさせた。

忍には、何も異変らしいものは感じられない。

香司が、すっと忍から離れる。

数秒後、脱衣所の引き戸が開き、誰かが入ってくる気配がした。

(あ、それで離れたんだ……)

暖簾《のれん》を分けて入ってきたのは、浴衣に紺色の羽織という格好の慎之介だった。自分用の入浴セットを持っている。

どうやら、寝る前に一風呂浴びにきたらしい。

「それじゃ、俺はこれで。お先に失礼します。おやすみなさい」

香司が穏やかに慎之介に一礼して、脱衣所を出ていった。

それを見送り、慎之介が微笑んだ。

「香司君はかっこいいね」

「あ……うん。そうだね」

忍は心のなかでため息をつき、用もないのに脱衣籠《だついかご》のなかをかきまわした。

邪魔が入って助かったような、がっかりしたような気分だ。

それから、ふと気づいて、祖父のほうに視線をむける。

「せっかくだから背中流してあげようか、お祖父ちゃん？」

「忍は、あがったところだろう？」

「いいよ。大丈夫。こんなチャンス、滅多にないだろ」

忍の言葉に慎之介は「じゃあ、お願いしようかねえ」と言いながら、照れ臭そうに笑った。

＊　　＊

寸又峡温泉から戻って、一夜明けた月曜日。

忍は、呆然《ぼうぜん》とテレビ画面を見つめていた。

御剣家の自分の部屋である。

祖父の慎之介は、もう静岡県下田《しもだ》市にある自宅に戻っている。

テレビから流れるけたたましいワイドショー。その主役は、伽羅——香司だった。

ずらりとボードに貼《は》られたスポーツ新聞の一面は、すべて伽羅の顔写真だ。「熱愛発覚」「通い妻」の文字が躍る。

(嘘《うそ》……?　なんで熱愛発覚?　通い妻って誰だよ?)

チャンネルを変えてみても、どのワイドショーもみな伽羅がトップニュースだ。

ふいに、今年の春先のG·i·p《ジップ》のCMが流れはじめた。

(げげっ)

忍が「謎《なぞ》の美少女」としてブレイクした時のCMである。

真っ白な迷路のなかで追いかけっこする香司と忍の姿が映しだされる。

つづいて、香司の高級アパートメントとそこに入る柿色のニットコートにジーンズ姿の少女の写真が映った。

目のところは線で隠してあるが、間違いなく忍自身である。

(いつ撮られたんだよ⁉)

さらに、大正屋で香司とよりそって買い物をしている写真まで映しだされる。

テレビ画面に「伽羅と謎の美少女モデル、六花《りっか》、親密交際」というテロップが出る。

六花というのは、香司のモデル事務所が忍につけた芸名だ。

名前を出さず、「謎の美少女」のまま、一作で自然消滅させるつもりだったらしいが、いつまでも話題にのぼるので、事務所のほうでも名無しでは困ってしまったらしい。

むろん、次のＣＭの予定はまったくないのだが。

しかし、六花の名は一人歩きして、今や複数のファンクラブまでできているという。

「ちょっと……」

（なんだよ、これ⁉）

心臓がドキドキしてきて、手が震えはじめる。

その時、忍の携帯電話が鳴った。

一瞬、忍はびくっとした。

数秒遅れて、点滅する着信ライトが香司専用の色だということに気づく。

慌てて通話ボタンを押すと、電話のむこうから、香司の落ち着いた声が聞こえてきた。

「すまない、忍。ワイドショーで派手にやられた」

「うん……見てる」

「そうか……。しばらくは、うちに来ないほうがいい」

「うん、わかった」

急に心細くなって、忍は携帯電話を強く握りしめた。

「大丈夫かな、香司……?」

(こんな騒ぎになっちまって……)

「俺を信じろ」

静かな声がかえってくる。

「うん……。香司、気をつけてな。ちゃんとご飯食べろよ」

むしょうに、香司に会いたくなって、忍は携帯電話のむこうから聞こえる声に耳を澄ませた。

結局、寸又峡温泉ではキス以上のことはできなかった二人である。

忍は欲求不満というわけではないが、それでも香司の肌の温もりが恋しくてならない。

(会いたい……)

しかし、今、それを口にすれば、香司を困らせるだけだろう。

「すまなかったな、忍。俺がおまえの呪いを解く方法を探すと約束したのに、こんなことになって……。俺の落ち度だ」

今までと違った声音になって、香司が低く言う。

携帯電話のむこうの香司は、自己嫌悪で落ち込んでいるようだった。

「え……だって、香司のせいじゃないだろ。盗み撮りするほうが悪いんだし」

恋人を元気づけたくて、わざと明るい声を出すと、香司がふっと笑ったようだった。

「好きだよ、忍」

一瞬、忍は息を呑《の》んだ。こんな言葉をくれるとは思わなかったのだ。

「……オレも」

想いをこめて、忍はささやいた。この気持ちが香司に届くように祈りながら。

その時、携帯電話のむこうから、別の電話の呼び出し音が聞こえてきた。

香司の声の調子が、はっきりと変わった。

「すまん、忍。電話だ。学校の行き帰りには気をつけろ。またかけなおすから」

（え……？　香司……ちょっと……）

慌ただしく、電話が切れる。

こんなことは、今までなかったことである。

たとえ、近くで別の電話が鳴ったとしても、常に忍との通話を優先してくれた香司だった。

（かけなおす……。じゃあ、待ってよう）

携帯電話を持って、忍はしばらく待っていた。

しかし、いつまで待っても電話はこない。

忍は、ため息をついた。

こんな非常時なのだから、いつもと同じにしてもらおうというのが間違いかもしれない。

寂しかったが、ここは我慢するしかないだろう。

香司が大変な時に恋人面《こいびとづら》をして騒ぎたてて、迷惑はかけたくなかった。

（しょうがねえな。オレ、そろそろ茶道のお稽古《けいこ》だし。メールでも入れとこう）

手早くメールを送って、忍は立ちあがった。

＊　＊

伽羅のスキャンダルは、しかし、謎の美少女モデル、六花との交際発覚だけでは終わらなかった。

数日後には三十代の大物女優との熱愛報道が、さらにその翌日には十代の人気アイドルとデートしている写真がスポーツ新聞の一面を飾った。

（なんだよ、これ……!?　香司、まさか、おまえ、オレ以外にもあっちこっちで……）

忍の脳裏に、香司の部屋にあった吸い殻が浮かぶ。

あれは、いったい何人目の女のものだったのだろう。

問いつめたくても、あれから香司と連絡はとれない。

メールの返事は遅れがちで、たいてい事務的な内容だった。

（オレ……三股《また》かけられてたのかな……。もしかして、香司はオレのこと、ただの遊び相手だって思ってたのかも）

そんなことばかり考えているせいか、忍は目に見えて元気がなくなってきた。

＊　　＊

伽羅と六花の熱愛発覚から一週間ほどたった土曜日のお昼頃、忍は五十嵐《いがらし》たちと浜松《はままつ》町《ちょう》駅前で合流した。

付き人の横山は、めずらしく私用で忍の側を離れていた。

横山以外の付き人をまくのは、忍にとっては簡単なことだった。伊達《だて》に御剣家で一年も苦労はしていない。

「時間どおりですね、忍」

待ち合わせ場所に先に来ていた桜田門《さくらだもん》が、微笑んで言う。

黒に近い濃紺のジーンズに水色系のチェックのネルシャツと白いTシャツをあわせ、ベージュのトレンチコートを羽織っている。

洗濯はしてあるが、あるものを着てきたという感じで、服装にはかまっていない。

だ。

「うん」

オレンジ色のレザーダウンにジーンズ姿の忍は、笑顔でうなずいた。

みんなに心配をかけまいとしているのだが、どうしても無理が滲みでていて、つらそうだ。

しかし、五十嵐たちはあえて、忍をいつもどおりにあつかった。

それが、少年たちなりの思いやりだった。

「昇竜軒《しょうりゅうけん》、新装開店だから、餃子《ギョーザ》一皿三百円だって。あそこの餃子おいしいよなあ。今日はいっぱい食べるぞ」

優樹《ゆうき》も笑顔で、忍のレザーダウンの腕を引っ張った。

こちらは焦げ茶色のカーゴパンツに白いセーター、鋲《びょう》をうった白いベルトという格好に白いコートを羽織り、白いベレー帽をかぶっている。

どう見てもラーメン屋に行く格好ではない。

優樹に言わせると「いつ何時、スカウトされるかわからないんだから、街を歩く時には可愛い格好していなきゃ」ということらしい。

「行く途中、気をつけなきゃな。パパラッチがいるかもしれないから」

五十嵐がグレーのハーフコートのポケットに手をつっこみ、あたりを見まわして言う。

ハーフコートの下は、黒とグレーのマリンボーダーのセーターとジーンズだ。

こちらは、久しぶりに忍と会うので、部屋で一人でファッションショーをした挙げ句、結局、地味なところに落ち着いたのである。

「そんな奴がいたら、パパの代紋見せれば一発だよ」

ニヤリとして、優樹がコートのポケットから小さな金バッジをとりだした。

バッジは、広域暴力団片倉《かたくら》組の代紋を象《かたど》ってある。

「おまえ……それはアイドル志望の男子高校生が持ち歩くもんじゃないぞ。なんだ、その悪のバッジは」

五十嵐が大袈裟《おおげさ》にのけぞってみせる。

「そんなものを持ち出してくるなんて、いけませんよ、優樹」

刑事の息子が、眉根をよせた。

どうやら、本気で「まずい」と思っているらしい。

「忍に何かあったら困ると思って、借りてきたんだ。こういう時に悪用しないで、いつ悪用するんだよ」

優樹は、ふふんと笑った。

愛玩《あいがん》動物のような顔に、暴力団の金バッジは似合わない。

「おまえ、やっぱり悪いな」

五十嵐がしみじみと言う。

「イガちゃんだって、いざとなったら蹴《け》り入れるだろ？　シュート打つ足で」

「いや……俺はハンドで。足は大事だから」

「うーん、プロだね」

「バカなこと言ってないで、行きますよ」

桜田門が、ため息をついた。

第三章　昇竜軒《しょうりゅうけん》、再び

浜松町《はままつちょう》の表通りに面したラーメン屋の前に、新装開店の花輪が三つ並んでいた。

店の名は、昇竜軒。

忍《しのぶ》たち四人は花輪の前に並び、それぞれの携帯電話のカメラで記念写真を撮っていた。乾いたシャッター音が連続して聞こえる。

「いい絵が撮れましたね」

満足げに、桜田門《さくらだもん》が携帯電話をトレンチコートのポケットにしまう。

「やっぱ、昇竜軒いいよな。ぼく、卒業してからも通ってきちゃうかも」

優樹《ゆうき》がうれしそうに言いながら、店の引き戸をくぐった。

「へい、らっしゃい！」と威勢のいい声が四人を迎えた。

忍たちと入れ違うようにして先客が勘定を払い、満足げな顔で出ていく。

そう広くない店のなかは、ちょうど客が一段落したところだった。

見覚えのない紺の作務衣《さむえ》姿の青年が使用済みの丼《どんぶり》を片づけ、カウンターを拭《ふ》いている。

軽薄な顔だちで、やや長めの薄茶色の髪を首の後ろで結んでいる。どうやら、アルバイトらしい。

「新装開店おめでとう、親爺《おやじ》さん。お祝いに、食べにきたよ」

優樹がニッコリ笑って、カウンター席に座った。

厨房《ちゆうぼう》にいた恰幅《かつぷく》のいい親爺が四人を見、うれしげに頭を下げた。こちらも作務衣姿だ。

「ありがとうございます。またご贔屓《ひいき》に」

「入院してたんですって？　大変でしたね。もう具合はいいんですか？」

桜田門も優樹の隣に座りながら、穏やかに尋ねる。

「ええ、もうすっかり元気です。一時は店を畳もうかとも思いましたがね、やめるなって、ずいぶんいろんなかたから言われましてねえ」

「そうだろうなあ。親爺さんのラーメン、ホントにおいしいもん。……ねえ、何食べる、忍？　ぼく、ネギラーメンと餃子《ギョーザ》」

「じゃあ、オレは五目ラーメンと餃子」

忍はカウンター席に座りながら、店のなかに立ちこめるいい匂《にお》いに目を細めた。

「へい！　ネギラーメンと五目ラーメンと餃子二つ！」

親爺が復唱して、手早く餃子を大きなフライパンに並べはじめた。

その時だった。

店のテレビから、ワイドショーが流れだした。

（え？）

サングラスと帽子で顔を隠した香司《こうじ》が、どこかのマンションから出てくる写真が映っている。

それから、大きなボードが映った。そこには、アイドルや女優の顔写真と矢印で相関図のようなものが描かれている。

顔写真の一つは、忍のものだ。

そして、伽羅《きゃら》をはさんで、もう一方に藤堂雪紀《とうどうゆき》と人気アイドルの写真がある。

テロップは「ついに発覚！　伽羅のお泊まり愛！」となっていた。

（嘘《うそ》……！　香司、なんだよ、『お泊まり愛』って⁉　相手は誰だよ⁉）

思わず、忍は顔を強《こわ》ばらせた。ショックのあまり、思考が麻痺《まひ》している。

仲間たちも「まずい」と言いたげな顔になる。

「あ、あの、俺《おれ》、レバニラ炒《いた》めと醤油《しょうゆ》ラーメンと五目ご飯大盛りっ！」

慌《あせ》てて、五十嵐《いがらし》が注文した。

焦っているせいか、一人前以上の量を頼んでいる。

「浩平《こうへい》、いくらなんでも、それは量が多すぎ……」

桜田門が言いかけた時だった。

ゴウッ……！

いきなり、店のなかを突風が吹きぬけた。

（えぇっ⁉）

壁に貼《は》ってあったメニューがはがれ、紙ナプキンが舞い上がる。

ゴトッ……。

厨房で、何かが落ちる音がした。

忍が見ると、親爺がお玉を握りしめたまま、半泣きになっている。

親爺は小さな声で「また……？」と呟《つぶや》いていた。

（また？）

見ると、寸胴鍋《ずんどうなべ》から鳥の蹴爪《けづめ》のようなものがのぞいていた。

（え？　まさか、また九十九神《つくもがみ》？）

ギョッとして、忍は腰を浮かせた。

ずるずると這《は》い出《だ》してきたのは、しかし、鶏《とり》ガラではなかった。

龍《りゅう》のような身体《からだ》で、人の首のようなものがついている。顔には鋭い嘴《くちばし》があり、背中に蝙《こう》蝠《もり》のような大きな羽を生やしている。

どうして、あんな大きなものが寸胴鍋のなかから出てこられたのだろう。

「うわっ！　お化けっ！　妖怪《ようかい》っ！」

忍は悲鳴のような声をあげ、椅子《いす》を蹴って後ろに下がった。

「え？　何、何、忍？　またなんかいるのか？」

優樹がキョロキョロと店のなかを見まわす。

五十嵐と桜田門も不安げな顔になっている。

「忍、視《み》せてください」

「よーし、いくぞ！」

忍は桜田門と五十嵐の腕をつかんだ。

二人が「おっ」「うわっ」と声をあげるのを尻目《しりめ》に、今度は優樹の肩をつかむ。

少年たちの額に、三角の光が点《とも》った。

「なんだ……あれは⁉」

「やばいよ、あれ！　やばいよ！」

少年たちが騒ぎだすなか、親爺は呆然《ぼうぜん》として不気味な怪鳥を凝視していた。

寸胴鍋がゴトンと倒れ、熱いスープが床に流れだす。

怪鳥はケクーッと鳴き、大きな翼を広げた。

――イツマデモ、イツマデモ。

甲高《かんだか》い人の声でそう言うと、バッサバッサと羽ばたき、飛びあがった。

翼のあたった壁が壊れ、メニューが飛び散る。

「やめろ！　店を壊すな！　お願いだーっ！」

親爺が半泣きになって叫ぶ。

「危ない、親爺さん！」

五十嵐が叫んだ時、怪鳥は鋭い蹴爪で親爺の背中を蹴りつけた。

壁までふっ飛んだ親爺は、そのまま気絶してしまった。

「誰《だれ》がこんなことを……!?」

忍は、身震いして呟いた。

「それは、私だ」

忍たちの後ろから、ククククッと含み笑いが聞こえてきた。

（え？）

振り返ると、そこにはアルバイトの青年が立っていた。

軽薄そうな顔に、薄笑いを浮かべている。

「なんだ、おまえは!?」

「私か？　私は牛鬼《うしおに》。継彦《つぐひこ》さまの命《めい》により、おまえを捕らえにきた。そこにいるのは、私の仲間で以津真天《いつまで》という」

牛鬼と名乗った青年は、薄く笑った。

怪鳥も妖《あや》しい鳴き声をあげる。

――イツマデモ、イツマデモ。

「忍、逃げろ」

五十嵐が、身震いして呟いた。

「そうだ。ここは、ぼくたちが……」

優樹が丸椅子をつかんで、振り上げた。忍は、首を横にふった。

「ダメだ……。おまえたちだって、やられちまうよ。こいつら、どう考えても鶏ガラより強いし」

その鶏ガラにすら、かなわなくて、気絶してしまった五十嵐たちである。

「観念するがいい、松浦《まつうら》忍」

ゴウッと怪しい風が巻き起こる。

以津真天も風に乗って飛びあがり、まっすぐ忍に襲いかかってくる。

(やばい！)

その瞬間だった。

「水の太刀《たち》！」

聞き覚えのある声とともに、パッと忍の頰《ほお》に水飛沫《みずしぶき》がかかった。

ギシャアアアアアアーッ！

すさまじい悲鳴をあげて、以津真天の身体が二つにちぎれ、店の床に落ちる。

龍のような胴体がくねくねとのたうちながら、しだいに薄れ、消えてゆく。

（え……⁉）

忍の目の前に長身の青年がすっと立った。

やや長めの茶色の髪と陽《ひ》に焼けた肌、焦げ茶色のスーツに包まれた広い肩と長い首、引き締まった腰。

（鏡野《かがみの》さん……）

忍を見下ろす端正な顔には、状況を面白がるような表情が浮かんでいた。

「大丈夫だったかい、ぼくの姫君」

「あ……はい……」

（やめてくれよ、五十嵐たちの前で）

忍は、微妙な笑顔を作った。

「それはよかった」

甘やかな声でささやいて、綾人はゆっくりと牛鬼に視線をむけた。

「牛鬼といったね。君も以津真天のようになりたいかな」

「おのれ、鏡野綾人！」

「ぼくが誰かすぐわかったということは、叔父上《おじうえ》の手のものだね」

「う……うるさい！　継彦さまとは無関係だ！　次に会ったら、覚えておれ！」

牛鬼は憎々しげな声で叫び、ふっと姿を消した。

綾人は苦笑して、優美な仕草で肩にかかった水飛沫《みずしぶき》を払った。

「危ないところだったね、忍さん。それに、お友達も」

（あ……やべ！　みんな、怪我《けが》してねえか？）

忍は、慌てて五十嵐たちを目で捜した。

三人は、青ざめた顔で床に座りこんでいる。

「なんだったんですか、あれは……？」

桜田門が呟く。

「以津真天だね。『太平記《たいへいき》』に出てくる怪鳥だ。紫宸殿《ししんでん》の屋根に現れ、『イツマデモ、イツマデモ』と鳴いたので、気味悪がられ、矢で射殺された。さっきのあれは、眷属《けんぞく》だろう」

穏やかに言って、綾人は半壊した店のなかを見まわした。

「それにしても、ひどいね。……とにかく、外に出よう」

＊　　　＊

「鏡野さん、もう東京に戻ってたんですか？」

（出雲《いずも》にいたと思ったけど）

昇竜軒から少し離れた小さな公園で、忍たちはむかいあっていた。

木々のむこうに、東京タワーが見える。

昇竜軒の親爺は、綾人が手配した車で病院に運ばれていった。

綾人と五十嵐たちが挨拶《あいさつ》をすませた後だ。

大蛇《おろち》と少年たちは以前にも顔をあわせたことはあるが、きちんとした挨拶をするのはこれが初めてだった。

「うん。一昨日《おととい》、戻ってきたところだ。出雲のほうは静香《しずか》が目を覚ましたから、これで一段落だよ」

穏やかな表情で、綾人が答える。

「あ、目が覚めたんですね。よかったです。静香さんの様子はいかがですか？」

「ありがとう。おかげさまで、元気だよ。元気すぎると言うべきかな。目が覚めるなり、どうしても忍さんたちに謝りたいと言うから東京まで連れてきたんだけど、今朝、さっそく道に迷ったらしくてね」

「え？」

（それって……また？）

忍は、綺麗《きれい》な茶色の目を見開いた。

綾人も「やれやれ」と言いたげに、スーツの肩をすくめてみせる。

「そうなんだ。今、静香の捜索中でね。……君たち、十四、五で髪の長い女の子を見なかったかな？　ぼくの従妹《いとこ》で……この子なんだけど」

綾人がスーツの懐《ふところ》から一葉の写真をとりだし、五十嵐たちに見せた。

青い振《ふ》り袖《そで》姿の静香が写っている。

五十嵐たちが、顔を見合わせた。

「うわあ、可愛《かわい》いな」

「美人ですね。忍には負けますが」

真顔で、桜田門が呟く。

「やめろ、桜田門！　忍とくらべるなんて、このお嬢さんに失礼だろう！　それに、忍は美人とか可愛いとか言われるのが嫌いなんだぞ！　なんだ、おまえは！　忍を……」

女あつかいして、と言いかけて、五十嵐は側に綾人がいることをかろうじて思い出したようだった。

「まずい」と言いたげな顔で、残りの言葉を呑《の》みこむ。

（おまえら、鏡野さんの前で……）

忍は、ため息をついた。

綾人は、ニコッとした。どうやら、五十嵐のキャラを把握したようだ。

「忍さんは美人だよ」

あらためて、大蛇は優しい声でささやく。

五十嵐と綾人の視線が、空中でぶつかりあった。

一瞬、不穏な空気が流れる。

桜田門が一生懸命、「やめたほうがいいです」と目でサインを送っているが、五十嵐はそれを黙殺した。

「俺の親友なんです」

「俺の」というところを強調しながら、五十嵐は言う。

「そう。君は、忍さんの親友なんだ。ぼくはナイトだよ」

綾人は、ニコニコして答えた。

「ナ…ナイト……!?」

目を白黒させて、五十嵐が呟く。

「そういえば、今朝、ガウディとガブリエルのところにこんな感じの子が入ってくのを見たよ」

優樹が慌てたように言った。

「ガウディとガブリエル？　誰だ、それ？」

話題がそれたことでホッとして、忍は優樹にむきなおった。

「誰じゃないよ。ガウディとガブリエルは、学校の近所のお寺で飼ってる犬なんだ」

「犬？」

「土佐犬《とさいぬ》だよ。血統書つきなんだってさ。ホントはリリーとモモっていう名前なんだけど、誰もその名前で呼ばないいんだ。ガウディはすごく吠《ほ》えるし、ガブリエルは……」

優樹の言葉に、桜田門がはあ……とため息をついた。

「嚙《か》むんですね？」

「うん。よくわかったね、春《はる》ピー」

優樹は、不思議そうに桜田門を見た。

（普通、わかるだろ。……じゃなくて）

「嚙む土佐犬って、やばくね……なくって？　腕くらい食いちぎってしまうんじゃないかしら」

忍は、少し焦りながら女言葉に切り替えた。

（やべえ。鏡野さんの前だった）

「もともと、闘犬だからね。静香がそんな凶暴な犬の側に近よっていったら、危ないな。……すまないけれど、そのガウディとガブリエルのところまで案内してくれないか？」

綾人が眉《まゆ》をひそめて言う。優樹が大きくうなずいた。

「もちろんです、鏡野さん。おまかせください」

（なんだ？　優樹の奴《やつ》、鏡野さんが気に入ったのか？）

やけに愛想《あいそ》がいいような気がする。

「綾人でいいよ、優樹君」

大蛇一族の当主は微笑《ほほえ》んで言った。

＊　　＊

「なんで、優樹は鏡野さんに愛想がいいんだ？」

ボソリと忍は呟いた。

「一、好みのタイプ。二、蛇は金運の守り神だから。三、波長があうから気に入った。さあ、どれでしょう」

やはり、声をひそめて桜田門が答える。

「……三であってほしいんだけど」

「私としては、一を推《お》しますね」

「やめろよー。それ、シャレになんねえよ。それくらいなら、二でいいよ」

「四、元モデルだから憧《あこが》れている……も入れておきましょうか。まあ、優樹のことだから、あまり深い考えはないと思いますけどね」

「好みのタイプとか、金運の守り神だからってのも、ぜんぜん深い考えじゃねえぞ」

忍の言葉に、桜田門は糸のように細い目をいっそう細くして笑う。

二人から、だいぶ離れた寺の境内《けいだい》に和気藹々《わきあいあい》とした綾人と優樹の姿があった。少し離れて、どことなく憮然《ぶぜん》とした様子の五十嵐が立っている。

大蛇と少年たちの視線の先には、二匹のどう猛そうな土佐犬がいた。土佐犬たちの後ろには、大きな犬小屋が二つある。

すでに、ガウディがけたたましく吠えていた。

その時、綾人が怖れげもなく土佐犬たちに近づいていった。

(大丈夫か、鏡野さん?)

綾人に噛みつこうとしたガブリエルが、ふいにキューンと鳴いて、尻尾《しっぽ》を股《また》にはさんだ。

相手が人間ではなく、妖《あやかし》だということがわかったのだろうか。

綾人が犬小屋のなかをのぞきこみ、「いたよ」と言って、奥に手をのばす。

(え？　いたよって……まさか……)

忍たちは、顔を見合わせた。

綾人が犬小屋の奥から、髪の長い美少女を引っ張りだした。少女は、眠っているようだった。

華奢《きやしや》な身体にカシュクールのワンピースを着て、丈の長いグレーのセーターを羽織っている。ワンピースは白地に赤で細かい幾何学《きかがく》模様が入っていた。カシュクールの襟元には、赤い小さめのフリルで縁取りがしてある。

「静香、起きたまえ。出雲でもさんざん眠っていたくせに、まだ眠いのかい？　困ったお姫さまだな」

綾人が揺さぶると、静香が目を開いた。まだ、ぼーっとした顔だ。

「ここ……？　綾人兄さま？」

「静香さん……」

忍と桜田門も、綾人たちに近づいていった。

二匹の土佐犬たちは、おとなしくしている。

「忍さん？」

静香が忍に気づき、綾人の手から離れて立ちあがった。

少し恥ずかしそうに目をこすり、ふわふわした足どりで二、三歩、前に出る。

「お会いできてよかったです。私、どうしても忍さんにお話ししたいことがあって……」

先月、出雲で出会った時の傲慢《ごうまん》な口調とはまったく違う。

あれは御霊丸《ごりようまる》の玉鱗《ぎよくりん》が憑《つ》いていたせいなので、当然といえば当然なのだが。

「話したいことって？」

（そういえば、静香さん、オレが男だって知ってるんだよな。……まさか、鏡野さんにバラしてねえよな？　うーん……。でも、仲のいい従兄妹《いとこ》同士なら、言っちまうかなあ）

忍は、チラリと綾人のほうを見た。

綾人が微笑む。

「静香はこう見えても口が堅くてね。謝りたいというのがなんのことかって訊《き》いても、絶対に教えてくれないんだ」

さりげなく、自分は聞いていないと伝えてくる。

忍は、ホッとした。

「そうなんですか……」

（それならいいけど）

綾人があたりを見まわし、穏やかに言った。

「ここじゃちょっとあれだから、場所を移そう」

＊　　＊

「忍さん、時計塔でのこと、本当にごめんなさい」

静香は、深々と頭を下げた。

土佐犬たちのいる寺からほど近い、増上寺《ぞうじょうじ》の境内である。

春には満開の花を咲かせる桜の木々の下、石畳を敷きつめた参道に林檎飴《りんごあめ》や焼きそば、カルメラ焼きの屋台が出ている。

徳川《とくがわ》家の墓所があるため、徳川葵《あおい》の紋章があちこちに見られた。

「いや。いいよ、そんな……。あれは、静香さんも被害者だったわけだから」

忍は、慌てて手をふった。

二人は、鐘楼堂の近くに立っている。

側にはしだれ桜の木があり、灰色がかった茶色の枝が冬の風に揺れていた。

綾人と五十嵐たちは、だいぶ離れた参道のほうで、屋台の焼きそばや林檎飴を食べていた。

食べ物は、綾人のおごりだ。

五十嵐と桜田門は男友達として気をきかせ、わざと忍と静香のほうを見ないふりをしている。

優樹は我慢できないのか、たまに忍のほうを盗み見て「告白？　ねえねえ、告白？」と言っては、桜田門に「おとなしくしていなさい」と耳を引っ張られている。

「でも、嫌な思いをさせたわ。……本当にごめんなさい。香司さんにも、ずいぶん、ひどいことを言ってしまって……」

しょんぼりして、静香がもう一度、頭を下げる。

「謝らないでくれよ、静香さん。もういいだろ。過ぎたことだし。……あ、そうだ。香司から聞いたけど、オレの呪《のろ》いのこと……。えーと、静香さんは自分が言ったこと、覚えてる？」

「ええ」

その返答に、忍の胸の鼓動が速くなった。

期待と不安が交錯する。

「じゃあ、呪いの解き方も覚えてるのか？」

落ち着けと自分に言い聞かせながら、忍は低く尋ねた。

静香は申し訳なさそうな顔で、首を横にふった。

「ごめんなさい。あの時、言ったことは、私に憑いていた玉鱗が教えてくれたことなんです。でも、玉鱗がなくなったから、もうそれ以上のことはわからなくて……」

「解き方も……覚えてねえ？」

「すみません」

静香は身を縮めるようにして、うなずく。

（やっぱ、ダメだったか）

忍は、ため息をついた。

「そうか。じゃあ、しょうがねえな。あ、大丈夫。なんとかして、方法を探すから」

「あの……忍さん、私、解き方は覚えていないけれど、途中までだったらイメージは頭のなかに残っています」

　静香が言いだす。

「ホントか?」

「ええ。あれは……たぶん、紀州《きしゅう》だと思います」

「紀州って……どこだろう?」

　忍は、首をかしげた。

　名前は聞いたことはあるのだが、具体的な場所と結びつかない。

「熊野《くまの》です」

「熊野?」

「ええ。山の形がなだらかで、大きな滝が視えました。あれは、熊野の滝だと思うのですけれど」

　何かを思い出すような瞳《ひとみ》になって、静香が言う。

「熊野の滝?　そこに行けば、呪いが解けるのか?」

「行くだけではダメです。滝の番人がいます。呪いを解くためには、その番人に会わなければなりません」

「番人か……。どんな奴なんだ？」

「そこまでは、私にもわかりません。でも、ミサキさまと呼ばれていたと思います」

「ミサキさまか。わかった。ありがとうな、静香さん」

忍は、ニコッと笑ってみせた。

正直言って、熊野がどこにあるかさえ、正確にはわからなかった。

しかし、今はこんな頼りない情報でもありがたかった。

「あまり、お役に立てなくて、ごめんなさいね。新宮《しんぐう》の浮島《うきしま》の森には、遠縁の大蛇が住んでいます。何かありましたら、その大蛇をお訪ねください。私の名前を出せば、きっと手助けしてくれるはずです」

「浮島の森？　しんぐう？」

「熊野の速玉大社《はやたまたいしゃ》がある町です。浮島の森は、駅の近くにあったと思います。すみません。こんなことしか言えなくて」

「いや、その情報だけでも助かったよ。ありがとう」

ホッとして、忍はもう一度、今度は心から微笑んだ。

「いいえ。どういたしまして。……それでは、私はこれで」

ペコリと頭を下げて、静香は歩きだす。

（えーと……そっちに行くと鏡野さんたちと反対方向だぞ。大丈夫か？　道わかって……

ねえよな、絶対)

方向音痴特有の迷いのない足どりで、静香はどんどん大殿の横の道を歩いてゆく。

その先には増上寺墓地や納骨堂、幼稚園などがあるはずだが、参道とは正反対だ。

「静香！　ちょっと待ちたまえ！」

慌てて、綾人が少女を追いかけていった。

めずらしく、本気で焦っているようだ。

「話終わったのか？」

林檎飴を手に、優樹が忍のほうに近づいてくる。

「うん。オレ、もしかしたら、熊野に行くかもしんねえ」

「そっか。熊野、いいとこだよ。海も山も綺麗だし、のんびりしてて、鮪《まぐろ》とか鯨《くじら》がおいしいし。あと、温泉もあるんだ。ぼく、昔、行ったことがあるけど、あそこはよかったな。

……はい、これ、忍のぶん」

優樹は、忍に林檎飴を手渡した。

「ああ、サンキュー」

うれしげに林檎飴を舐《な》めはじめる忍を見ながら、桜田門がボソリと呟いた。

「浩平、携帯をしまいなさい。君は、いちいち忍の写真を撮りすぎです」

「う……るさいな！　貴重なシャッターチャンスだぞ！　林檎飴を舐めているところなん

か、レアだ！」

五十嵐は言い返したが、とりあえず携帯電話はしまった。

桜田門が、ふう……とため息をついた。「まあ、林檎飴でよかったですけれどね」と思っているらしい。

ふちなし眼鏡《めがね》ごしの視線は、チョコバナナの屋台のほうにむけられている。

＊　　＊

五十嵐たちと綾人、静香と別れた忍は、JR浜松町駅にむかって歩いていた。

御剣《みつるぎ》家の付き人はまいてしまったので、今さら電話して車で迎えにきてもらうわけにもいかない。

コンビニエンスストアの店先に、伽羅が表紙の女性週刊誌が何種類も並んでいる。

なかには、藤堂雪紀と一緒に写った写真を使っている雑誌もあった。

（バカ野郎。なんだよ……）

思い出すと、ムカムカと腹が立ってくる。

裏切るくらいなら、最初から変な期待をさせなければいいのにと思う。

忍は眉根をよせ、自分の首にかかったチェーンに触れた。

チェーンの先には、一角獣のペンダントヘッドがぶらさがっている。

香司からもらった誕生日プレゼントだ。

こんなことになっても、まだこれを外せない自分が情けなかった。

女性週刊誌に書かれていることがすべて本当だとは思わないが、表紙に躍る「伽羅、藤堂雪紀の両親に挨拶に行った夜」「あの美人女優が、伽羅との熱愛を告白か」などという文字を見ていると、愛されているという自信が揺らぎはじめる。

信じなければいけないと思っても、香司からのフォローがないので、よけいに不安になる。

(オレ……男だし、やっぱり香司も美人女優がいいのかな。藤堂雪紀、巨乳だし)

忍は深いため息をついて、歩きだした。

その時だった。

角を曲がってきた一台のミッドナイトブルーの外車が、いきなり忍の側でスピードを落とした。

(え?)

外車の後部座席のドアが開いたかと思うと、忍は強引になかに引きずりこまれていた。

(なんだ、これ⁉ 誰だ⁉)

反射的に抵抗する忍を、力強い腕が押さえつける。

そのまま、車は再びスピードをあげた。

「やめろ！　放せ！」

必死にジタバタしていると、耳もとで低い声がした。

「静かにしろ」

（え？　この声……）

ドキリとして、忍は動きを止めた。

それで、もう大丈夫だと思ったのか、押さえつけていた腕が離れる。

見上げると、そこには無表情な香司の顔があった。

今日も黒いスーツを着ているが、忍の知らないデザインだ。御剣家を出てから買ったものだろう。

あるいは、女の一人から貢がれたものなのかもしれない。

「おまえ……！　何考えてるんだよ、これ⁉」

問いつめようとした時、運転席のほうから女の声がした。

「行き先は私のマンションでいいのかしら、香司？」

（女？）

忍は、思わず全身を強ばらせた。

今の今まで気がつかなかったが、運転しているのは綺麗に手入れされたセミロングの髪の女だ。後ろから見た感じでは歳《とし》はわからないが、ステアリングを握る指に上品なマニキュアをしている。

「ああ。頼む」

香司は、ボソリと答える。

(私のマンションて？　なんだよ、それ……)

今回のスキャンダルが発覚するまでは、元婚約者の蝶子《ちょうこ》をのぞけば、香司のまわりに女の影を感じたことはない。

しかし、運転している女は香司とずいぶん親しいように見えた。

(誰なんだ？)

忍は香司から離れて座り、膝《ひざ》の上で拳《こぶし》を握りしめた。

三人を乗せた車は、湾岸方面にむかって走りだす。

＊　　＊

連れてこられたのは、東京湾が一望できる超高層マンションの最上階だ。

窓から、海にかかるレインボーブリッジとお台場《だいば》の大観覧車が見えた。

「さあ、入って」

サングラスの女が、一番奥のドアを開く。

黒とグレーの幾何学模様の襟つきのワンピースを着て、胸もとを第三ボタンまで開け、なかに着た黒のタートルネックのセーターをのぞかせている。細い腰には、黒いベルトが巻かれていた。

香司が慣れた動作で、なかに入った。忍も恐る恐る、それにつづく。

予想以上に豪華な内装だった。香司が入っている家具つき高級アパートメントより、さらに立派な家具が置かれている。おそらく、家具は海外から輸入したアンティークばかりだろう。

（すげえな……）

「何か飲む？」

物憂《ものう》げな口調で、女が尋ねてくる。

（オレ、この人とどっかで会ったことがある）

忍はサングラスの女を見ながら、眉根をよせていた。

モデルのように均整のとれた身体といい、高価そうな服装といい、華やかで人目を惹《ひ》きつけるオーラといい、普通の女性ではないのはあきらかだった。

（これだけ美人オーラ出てるんだから、忘れるはずねえんだ。どこで会ったんだろう）

「いや。気をつかわなくていい。勝手にコーヒーでも淹《い》れる」

勝手知ったる他人の家といったふうな態度で、香司がキッチンのほうに歩いていく。

間違いなく、香司はこのマンションに日常的に出入りしている。

「キリマンジャロは切れてるわよ。あなたが来ると思っていなかったから、買ってないの。うちであれを飲むのは、あなただけだから」

かすかに笑って、女が言う。

白い指がサングラスをテーブルの上に置いた。

（ええっ？　この人……藤堂雪紀！）

忍は目を見開き、まじまじと相手の顔を凝視した。

今、伽羅と熱愛中だと騒がれている大物女優。

ワイドショーの伽羅の人物相関図に出てきた顔だ。

（本当だったんだ……。香司、この人のとこに通ってたんだ……）

バットで殴られたような衝撃を受けて、忍はその場にへたりこみそうになった。

藤堂雪紀はそんな忍をじっと見、流行《はやり》の口紅を塗った唇で微笑んだ。

「六花《りっか》ちゃん……だよね？」

「え？　あ……はい……」

（そっか。この人もオレのこと、女だと思ってるんだ。……ってことは、女のぶりしなきゃ）

しかし、今はそんな気力さえわかない。

忍は、かろうじて愛想笑いを浮かべた。

雪紀は忍にむかって、白い手をすっと差し出してきた。

「藤堂雪紀よ。よろしくね、六花ちゃん」

「よろしく……お願いします」

ためらいがちに握った女の手は、温かかった。

「可愛いこと。香司が女の子をうちに連れてきたのは、初めてね」

(連れてきたっていうか、ほとんど拉致《らち》なんですけどっ。その挙げ句、なんなんだよ。スキャンダルの相手の女優のとこに連れてこられるなんて)

だが、そんなことを口にするわけにもいかない。

忍は愛想笑いのまま、なんとか無難な言葉を探した。

「オ……私もこういうのは初めてです。まさか、藤堂さんにお会いできるなんて……」

「雪紀でいいわよ」

「いえ、そんな……」

(呼べねえよ、年上だし、人気女優だし……)

忍は助けをもとめて、香司がいるキッチンのほうに視線をむけた。

けれども、香司は帰ってこない。

「今回のスキャンダルは、びっくりしたでしょう。香司の事務所は大きいから、揉《も》み消《け》せるはずだったのに、最初の一手を打ち間違えて、こんな騒ぎになってしまったのよ。もちろん、香司のマネージャーは敏腕だから、これを逆に利用することも考えているでしょうけれど」

よく通る穏やかな声で、雪紀が言う。

雪紀の顔は優しげで、その仮面の下で何を考えているのかはわからない。

不安な思いで、忍は膝の上で両手を握りしめた。

「びっくりしました。こんなことになるなんて」

「そうでしょうね。あなたも香司も脇《わき》が甘かったもの。あんなに人が大勢いる六本木《ろっぽんぎ》で、変装もしないで一緒に歩いていたら、撮ってくださいと言わんばかりよ。デートするなら、どちらかの家でするべきね」

(こんなふうに……ってことかよ)

忍は、眉根をよせた。

「藤堂さんは……」

「雪紀よ」

「雪紀さんは香司さんと、いつ頃から、おつきあいなさってるんですか?」

「香司が三、四歳の頃から知っているわよ。私は、香司のお母さんにお世話になったの」

「尾崎麗子《おざきれいこ》さんに……ですか？」

香司の母はもう亡《な》くなっているが、伝説の大女優である。

その写真は、いまだにＣＭなどで見かける。

「そう。麗子さんに。私は駆け出しのバカな女の子だったから、麗子さんは心配になったんじゃないのかな。正しい言葉づかいや演技のこと、裏方のスタッフたちとの接し方、一から十まで教えてくれた。今の私があるのは、麗子さんのおかげだと思っているわ」

昔を思い出すような瞳で、雪紀が言う。

「そうなんですか……」

（そんな昔から、香司の側にいたんだ……）

打ちのめされた気分で、忍は呟いた。

「私にとって、香司は特別で、大事な子なの。麗子さんへの恩返しっていう意味もあるけれど、彼のモデルとしての才能は神さまがくれたものだわ。香司はもっともっと大きくなれる。たぶん、役者としてもね。そのためなら、私はどんなことでもするわ」

雪紀は、ふっと笑った。

その眼差《まなざ》しが、少しきつくなる。

「六花ちゃんは、香司のことが好きなの？」

「……好きです」

雪紀の強い瞳に怯《ひる》んで、忍は小さな声で答えた。

しかし、雪紀を見つめかえす眼差しには真摯《しんし》な光があった。

「香司は、あなたのためにずいぶん考えてくれているみたい。本当に、あなたのことを大事に思っているのね。あなたは、そんな香司のことをわかってあげている？」

忍を見据える雪紀の瞳には「嘘をついたり、不用意なことを口走れば、ただではおかない」と書いてある。

さらに怯んで、忍はテーブルの下で自分の白いセーターの端を握りしめた。

「香司さんが、私のために犠牲を払ってくれていることは知っています。勘当のことも……。本当に申し訳ないと思っています。ただ……それを重荷だと感じたり、身を引こうと考えること自体が裏切りのような気もしています。私のためによかれと思って行動してくれた香司さんの気持ちを考えれば、私のほうから逃げだすような真似《まね》はしてはいけないと思っています。……だから、逃げません。香司さんとちゃんとむきあって生きていきたいんです。いい時も悪い時も」

以前の忍なら、こんなことは考えもしなかったろう。

呪いの解ける日が、そのまま香司との関係の終わりの日になるのだと半ば信じていたせいもある。

どんなに愛の言葉をささやかれても、香司の目に映るのが偽りの自分だと思えばこそ、すべてを信じることはできなかった。

揺れ動く気持ちのなかで、いっそ女の姿のまま、香司の側にいようかと思ったこともある。

香司が愛した「美少女」の姿のままで。

それが滑稽《こっけい》なことも、行き着く先が袋小路《ふくろこうじ》でしかないこともわかっていたけれど。

だが、このつらいスキャンダルを通して、忍の気持ちは変わりはじめた。

自分から積極的に呪いを解き、真実の姿で香司とむきあいたいと思うようになってきたのだ。

（オレが男に見えるようになったら、香司は変わるかもしれない。でも、オレの気持ちは変わらないから……。オレ一人でも呪いを解こう。そこから、すべてが始まるんだ）

おそらく、忍の呪いが解ければ、倫太郎《りんたろう》と香司はなんらかの形で和解できるはずだ。

少なくとも、香司の勘当を解くきっかけにはなるだろう。

（オレ、がんばるから。二人の未来のために。……まあ、香司にとってはほかに本命がいるのかもしれねえけど）

切ないような精一杯の視線を受けて、雪紀は微笑んだ。今までとは少し違った、やわらかな光がその瞳のなかに浮かんでいる。

「いい目ね。うん。あなた、本当に香司のことが好きなのね。あなたなら、香司をまかせても大丈夫かもしれないわ。正直、香司があんなに一人の女の子にいれこむのは初めてだったから、どんな子か心配していたのよ」

「心配……ですか」

雪紀の言葉は、香司の恋人のセリフには聞こえない。

どちらかというと保護者のような口ぶりだ。

「あら。例のワイドショーや週刊誌を気にしているの？　私は香司とは、そういうおつきあいはしていないわよ。ただ、頼まれただけ」

雪紀は煙草《たばこ》をとりだし、物憂げな仕草で火をつけた。

忍は煙草の銘柄を確認し、わずかに目を細めた。

香司のところにあった吸い殻と同じメーカーだった。

「頼まれたって、どういうことですか？」

「迷惑をかけるけど、カモフラージュに協力してくれないかって。つまり、あなたが本命で、私やほかの女の子は偽装ってわけ」

雪紀の言葉に、忍の心臓がどくんと鳴った。

本当だろうかという気持ちと、そうあってほしいという気持ちが押しよせてきて、目も眩《くら》みそうになる。

「本当ですか……？」

「直接、香司に訊いてみたら？」

ふうーっと煙を吐きだしながら、雪紀は忍の後ろを目で示した。

振り返った忍は、そこに香司が立っているのに気がついた。お盆に湯気のたつマグカップが三つと、銀のミルクピッチャーが載せられている。

香司は忍を見、微笑んだ。

「心配をかけて、すまなかったな」

忍の前に置かれたのは、紅茶のマグカップ。スティックシュガーとミルクピッチャーが添えられている。

香司はコーヒーの入ったマグカップを雪紀の前と自分の前に置き、椅子にかけた。

「あ、ごめん。オ……私が手伝えばよかったのに」

慌てて、忍は立ちあがり、香司の手からお盆を受け取った。

香司が「気にするな」と言い、忍に座るように合図した。

雪紀が一口コーヒーを飲み、「じゃあ、私はこれで」と言って席を立つ。

「え？　どうするんですか、雪紀さん？」

不思議そうに香司が尋ねる。

「積もる話もあるでしょうから、年寄りは遠慮するわ。じゃあね、香司、六花ちゃん。終わったら携帯に電話ちょうだい。でも、私のベッドを使うのは勘弁してね。ソファーもダメ。出入り禁止にするわよ」

ひらひらと手をふって、雪紀は部屋を出ていった。

「ありがとうございます」

忍と香司は、同時に雪紀の背中にむかって頭を下げた。

＊　　＊

「まったく……雪紀さんはああいう調子だから、びっくりしたろう」

東京湾を見下ろしながら、ため息のような口調で香司が言う。

「ううん。最初は驚いたけど、いい人だね。美人だし」

(それに、巨乳だし)

心のなかでつけ加えて、忍はプルプルと頭を横にふった。

それは考えても詮《せん》ないことである。

「おまえのほうが美人だ」

真顔で、香司が言う。

思わぬ言葉に照れて、忍は無意識に自分の髪を撫でつけた。

「香司、オレにお世辞言ってもしょうがねえぞ。……それに美人って、男に言う言葉じゃねえし」

「おまえが綺麗なのは、本当だ」

ゾクゾクするような妖艶《ようえん》な声で、香司がささやく。

忍は、耳まで赤くなった。

(やめろよ、ホントに)

「そんなことより、なんで、あんなふうに車に乗せて、ここに連れてきたんだよ?」

「今後の呪いの解き方について、会って話したかった……のが表むきだな」

「裏は?」

「そろそろ、俺も辛抱できなくなった。勘当はかまわんが、朝晩、おまえに会えないのはきついということで」

白い手がのびてきて、宝物のように忍の髪にそっと触れる。

忍は、香司に撫《な》でられるままにしていた。忍もまた、香司と同じようなことを考えていたから。

「早く一緒に暮らせるといいな」

忍の踏みこんだ言葉に、香司が少し驚いたような目をした。

それから、幸せそうに笑う。

「もちろんだ。そのためには、早く呪いを解かないとな。鏡野静香にも会いに行かないと……」

言いかけた香司の腕を、忍は軽く叩《たた》いた。

「会ったよ、オレ。静香さんに。今日」

「今日？　目が覚めたのか？」

「うん。それで、オレに話したいことがあるからって、東京まで来たんだ」

「話は聞けたか？」

穏やかな口調で、香司が尋ねてくる。

「うん。何回も時計塔でのこと、ごめんなさいって言ってた。オレはもう過ぎたことだし、責める気なんかねえんだけど。……それで、オレの呪いの解き方、教えてもらえないかって訊いてみたんだけど、あれ以上のことはわからないってさ」

香司が、眉根をよせた。

「わからない？」

「玉鱗が教えてくれてたことだから、それがなくなったから、香司に話した以上のことはわかんねえみたいだ」

一瞬、香司ががっかりしたような表情になる。

「そうか。残念だったな」

「あ、でも、途中まではイメージは残ってるって。熊野に行って、どこかの滝の番人に会えばいいらしいぞ。それで、熊野の浮島の森ってとこに静香さんの遠縁の大蛇がいるから、何か困ったことがあったら、その大蛇のとこに行けって」

「熊野か……。浮島の森は、新宮だな」

隣町のことでも話すような口調で、香司が言う。

「しんぐう？」

「熊野には熊野三山《さんざん》と呼ばれる三つの神社がある。熊野本宮《ほんぐう》大社、熊野那智《なち》大社、熊野速《はや》玉《たま》大社の三つだ。そのうち、熊野速玉大社は新宮と呼ばれる町にある。新宮は紀伊《きい》徳川家の付け家老である水野《みずの》氏の城下町で、熊野別当《べっとう》が住んだ町だ」

「熊野弁当ってなんだ？　うまいのか？」

忍は、首をかしげた。真顔で、香司が答える。

「熊野弁当というのは、米の代わりに紀州名物の梅がぎっしり入った弁当だな。つけあわせは、ウツボの唐揚げだ」

「マジで⁉」

「そんなわけはないだろうが。おまえはバカか」

「バカって言うな！　だいたい、香司が言ったんだろうが！」

子供のような口調で言い返すと、香司はニヤリとした。楽しげな顔だ。

「弁当じゃなくて、別当だ。熊野三山を統括していた宗教指導者のようなものだ。熊野別当は二十一代の湛増《たんぞう》の時、熊野水軍を率いて、源平合戦《げんぺいがっせん》に参加したこともある」

「へえー」

毎度のことだが、香司はなんでもよく知っているなと忍は思う。

（覚えきれねーよ）

やはり、勘当されたといっても、香司は御剣家の跡取りとして育てられた男なのだ。

「とにかく、オレ、その熊野弁当のいる町とか、滝のあるとこに行かなきゃなんねえから」

「じゃあ、むこうで合流しよう」

「え？　香司も来る気か？」

「どうして、行かないと思うんだ？」

「だって、仕事とか大学とか忙しいだろ。スキャンダルでマスコミにも追われてるし」

「だから、むこうで合流と言ったんだ。こっちから一緒に行ったら、さすがに目立つからな。俺一人なら、変装すれば、なんとでもなるが」

忍は、眉根をよせた。

（変装……。また黒ぶち眼鏡かよ？）

以前、香司は人気モデルの伽羅だとバレないように、中年男性のような四角い黒ぶち眼鏡をかけて行動したことがある。

たしかに、それで印象は変わるのだが、ダサい眼鏡が整った顔に似合わないため、かえって悪目立ちしてしまう。

それは変装というより仮装ではないのかと、忍は常々《つねづね》思っている。

「また、おっさん眼鏡で誤魔化すのかよ。いい加減、バレるぞ」

「なんだ。おまえは。俺の変装にケチをつける気か」

「そういうわけじゃねえけど」

二人はどちらからともなく黙りこみ、ふいに笑いだした。

忍は恋人の腕をつかみ、身をすりよせた。

懐《なつ》かしい匂いが鼻をくすぐる。

「ありがとうな、香司。オレ……今日、香司に会えてよかったよ。ホントは、オレも我慢できなくなるところだったんだ」

「おまえな……何もできないところで、そういう殺し文句を口走るのは計算か?」

「え?　計算?」

なんのことだろうと、忍は目を瞬《しばたた》いた。

香司は、ため息をついた。

忍を見下ろす漆黒の瞳には、「やれやれ」と言いたげな色が漂っている。

その口もとに、一瞬、妖艶《ようえん》な笑みが浮かんだ。

「禁止されると、かえってやりたくなるのが人情というものだが」

「人情って？」

「いや……なんでもない」

苦笑して、香司は携帯電話をとりだした。

香司の電話で戻ってきた雪紀は、熊野に行くなら自分のよく知っている旅館があるから、そこに泊まるように勧めてきた。

その旅館ならば、マスコミの目も届かないだろうという。

忍たちは、素直にその申し出を受け入れた。

雪紀のマンションで会ってから、数日後。

忍は、付き人の横山《よこやま》を連れて冬の熊野にむかって旅立った。

第四章　陰陽《おんみよう》の胎道《たいどう》

藤堂雪紀《とうどうゆき》が紹介してくれた宿「羽衣亭《はごろもてい》」は、ＪＲ那智勝浦《なちかつうら》駅から車で二十数分の高台にあった。

隠れ家ふうの造りで、部屋数は六。どの客室からも海が見える。

ベンガラ塗りの暖かみのある赤い外壁、黒い瓦屋根《かわらやね》、杉や檜《ひのき》をふんだんに使った壁や廊下。

夜の帳《とばり》の下りた正面玄関には、大きなクリスマスツリーが煌《きら》めいていた。

車から降りると、寒気が肌を刺した。

南紀《なんき》は東京より暖かいはずだが、強い寒波の影響で今夜は冷えこんでいるらしい。

「こちらでございます」

宿の女将《おかみ》が、丁重な物腰で忍《しのぶ》を部屋に案内していく。

雪紀から連絡が入っているせいか、忍に対する態度にも営業用だけではない温かさが感じられた。

(香司《こうじ》、待っててくれるかな)

まもなく会えると思うと胸がドキドキしてくる。忍は、無意識にやわらかな栗色《くりいろ》の髪を撫《な》でつけた。

忍と横山《よこやま》は最終便の飛行機で熊野《くまの》に入ったが、香司は名古屋経由の午後の新幹線でこちらにむかったはずだ。

横山は、まだフロントで若女将を相手に明日の移動ルートの相談をしている。

(やべえ。だんだん緊張してきた。オレ、変な顔してないかな)

香司が勘当されてから、会うたびにいつも帰りの時間を気にしているので、時間制限がないというのは本当に久しぶりのことだ。

うれしいような、くすぐったいような気分で、忍は女将の後から歩いていく。

「もう香司さまは、お部屋にお着きですよ」

慣れた仕草で着物の裾《すそ》をさばいて歩きながら、女将が言った。

(香司さま?　名前で呼ぶのかよ)

忍は、わずかに首をかしげた。

微妙な違和感を覚える。

たしかに藤堂雪紀の紹介ではあるが、それだけで初対面の客を名前で呼ぶだろうか。

「もしかして……香司さんは、前にもこちらにうかがったことがあるんですか?」

「ええ。何度かお見えになっていますよ」

「そうですか……」

ふっと、忍の脳裏に雪紀の顔が浮かんだ。

(まさか……な。恋人じゃないって言ってたもんな)

しかし、一度、胸に浮かんだかすかな疑念はいつまでたっても消えようとしない。

忍は、こっそりため息をついた。

時おり、自分の疑り深さと心の狭さが嫌になる。

(雪紀さんは香司のお母さんに世話になったから、面倒見てくれてるだけなんだ。よけいなこと考えるな。せっかく、香司に会えるんだから)

女将は「海鳥の間」という表札のかかった部屋の前で、足を止めた。

「こちらがお部屋です。朝食は、明朝八時で承っております。どうぞ、ごゆっくり」

すーっと玄関の引き戸をひき、丁寧に忍のボストンバッグを板の間に置き、女将は恭《うやうや》しく頭を下げた。

「ありがとうございます」

忍も軽く会釈し、檜の匂《にお》いのする和室に入った。

後ろで、女将が引き戸を閉め、廊下を歩いてゆく気配がする。

「海鳥の間」は、居心地のよい二間つづきの和室だった。

和室の窓の外には檜の露天風呂《ろてんぶろ》があり、そのむこうから海鳴りが聞こえてきた。

今は暗くて見えないが、すぐ側《そば》に海があるらしい。

夜の窓際《まどぎわ》には、すでに紺の浴衣《ゆかた》に着替えた香司が立っていた。

まっすぐな背中と広い肩、引き締まった腰。

ただ立っているだけでも、後ろ姿に大人の色香が漂っている。

(香司……。かっこいいな……)

恋人としてだけではなく、同じ男としても憧《あこが》れずにはいられない。

ゆっくりと香司が振り向き、忍の姿を認めて、うれしそうに微笑《ほほえ》む。

その笑顔が眩《まぶ》しくて、忍はドキリとした。

見慣れたと思っても、ニッコリされるだけで胸の鼓動が速くなる。

香司の一挙一動に心が騒ぐ。

ほかの誰《だれ》といても、こんな気持ちにならないのに。

「星が綺麗《きれい》だぞ。……おいで」

やわらかな声で、香司が忍を呼ぶ。

「え……あ……うん」

自分の荷物を部屋の隅に置き、コートを脱いで、忍はおずおずと香司に近づいていった。

隣に立つと、夜空いっぱいに星が見えた。

南の空にひときわ青白く燃えあがっている星は、おおいぬ座のシリウスだ。その斜め上に、オリオン座の特徴的な三つ星が見える。

都会っ子の忍が知っている冬の星は、そのくらいである。

「すごいな……。綺麗だ」

忍は、感嘆のため息をもらした。

「東京でも奥多摩《おくたま》あたりまで行けば、こういう夜空は見れるけど……。こういうのを見てから、さあ、電車を乗り継いで家に帰らなきゃって思うとすごく面倒だよな。だから、帰らなくていいって思うと、すごく得した気分になる」

「いつか、思いたったら星空を見に行って、そのまま現地で泊まってみないか？　東京近辺で」

香司が楽しげな口調で言う。

リラックスしているせいか、いつもは隙《すき》のない大人びた顔にも今は年齢《とし》相応のやわらかな表情が浮かんでいる。

「いいな、それ……」

そんな行き当たりばったりの旅というのも悪くはない。相手が香司ならば、きっと楽しいだろう。

いろいろあった後だったから、香司が未来の計画を話してくれるのがうれしかった。

二人には、まだ「先」があるのだと無言のうちに教えてくれているようで。

(こういうこと、誰にでも言ってたりしねえよな？　オレだけだよな？)

うれしいと思ったとたん、急に不安になって、忍は香司の端整な横顔を見上げた。

じっと見つめていると、香司が「どうした？」と尋ねるような目になった。

「忍？」

「あ……ううん。なんでもねえ」

言葉が途切れると、海鳴りが大きくなったようだった。

こうしていると、ここが東京から遠く離れたところだという実感がひしひしと胸に湧《わ》いてくる。

忍は、香司の浴衣の袖《そで》をそっとつかんだ。

「おまえ……ここ、よく来るのか？」

なるべく、自然な口調でしゃべろうと努力しながら尋ねる。

「三回目くらいかな。それがどうかしたか？」

香司の声は、穏やかだ。

(誰と来たんだよ？)

訊《き》きたいのに訊けなくて、忍はふう……とため息をついた。

「なんでもねえよ」

少しためらい、香司の浴衣の肩に頭を押しつける。

（オレのだ……。ここにいる今だけは）

当人は隠しているつもりだが、そんな気持ちは香司にはお見通しだったようだ。

綺麗な漆黒の瞳《ひとみ》に、「可愛《かわい》い奴《やつ》」と言いたげな表情が浮かぶ。

「どうしたんだ、忍？」

恋人の嫉妬《しっと》も独占欲もわかっているくせに、わざと訊く。

忍は、香司から頭を離した。

「なんでもねえ」

「そうか？」

白い指がのびてきて、忍の栗色の髪をすきはじめる。

こちらも、「俺《おれ》のものだ」と主張するような仕草だ。

くすぐったさに、忍は首をすくめた。

「やめろよ。くすぐったい」

髪をいじる手を押しやろうとすると、ムキになったように香司が忍の頭をくしゃくしゃにする。

「バカ野郎。ぐちゃぐちゃになるだろーが！」

（みっともなくなっちまう）

ムスッとした顔で、忍は香司から離れ、手櫛《てぐし》で髪を直しはじめた。

その頰《ほお》に、香司の指が優しく触れてくる。

少し不機嫌な様子で逃げようとする忍の頭を抱えこみ、髪を撫でつける。

くりかえし、髪を撫でられているうちに、忍の気持ちが鎮《しず》まってきた。

もっとと言うように暖かな浴衣の肩に頭を押しつけると、ふいに香司の手が止まり、離れていく。

（え……？　なんで？）

忍は、上目づかいに香司の顔を見た。

当人は自分のそういう表情がどれだけ小悪魔的で、キスを誘うか、まったく気づいていない。

「悪い奴だな」

苦笑して、香司が呟《つぶや》く。

「なんだよ？　……変な奴」

香司の眼差《まなざ》しが愛《いと》おしむように忍の唇のラインをなぞり、顎《あご》から首にかけて移動していく。

まるで実際に触れられているような気がして、忍は無意識に自分の頰をこすり、照れ笑いを浮かべた。

どこを見ていいのかわからない。

困った忍は、自分の荷物のほうに目をむけた。

（ああ、そういえば……）

そこには、今月初めの香司の誕生日に渡すはずだったプレゼントの包みが入っている。六本木《ろっぽんぎ》に会いに行った時、渡そうと思っていたのだが、自分の部屋に忘れてきてしまったのだ。

その後も、降って湧いたようなスキャンダルのおかげで、香司と二人きりで会うチャンスはほとんどなくなってしまった。

（今、渡そうかな……）

さりげなく香司から離れようとする。

しかし、その気配を察知したのか、白い指が忍の陽《ひ》に焼けた手首をつかんだ。

（え？）

「行くな。ここにいろ」

ぐいと抱きよせられ、忍はドキドキしながら香司の浴衣の肩に顔を埋《う》めた。

恋人の上気した肌から、温泉の匂いが立ち上った。

香司が何を望んでいるのか、痛いほどわかる。

てくる。

愛撫《あいぶ》するように頬を撫でられ、両手で顔を包みこまれると、うっとりした気持ちになっ

忍は素直に仰向《あおむ》き、目を閉じた。

顎をすくいあげる指。

「忍……」

唇に暖かな吐息がかかった。

（香司……）

薄目をあけて見ると、まぢかに綺麗な顔があった。眩《まぶ》しいようなオーラをふりまく、

トップモデルの顔。

目を伏せているせいか、睫毛《まつげ》がいっそう長く見える。

（綺麗だ……香司）

この美しい生き物が自分だけのものだというのが、まだ信じられない。

「目くらい閉じろ」

あきれたようにボソリと言われ、忍は慌てて目を閉じた。

唇に暖かな唇が羽毛のように軽く触れ、離れた。

物足りなくて、自分から香司の唇を追いかけると、貪《むさぼ》るようなキスが返ってくる。

「んっ……こう……じ……」

「悪い奴だ」

濃厚な口づけに頭がくらくらして、何も考えられなくなっていく。

きつい酒のように幸福感に酔って、忍は香司の首に両腕をまわした。

（このまま時間が止まればいい……）

雪紀のことは、忘れようと思った。

何もかも、遠い東京に置き去りにしてきたことだ。

「愛してる……香司……」

（もっと側に行きたい……。触れたい）

「俺もだ」

妖艶《ようえん》な声が耳の奥に吹きこまれ、忍はびくっと身を震わせた。

官能的な唇が忍の首筋を伝い、耳朶《みみたぶ》に移動してくる。

セーターの下に、香司の暖かな指が滑りこんできた。

隅々まで触れて、たしかめたいというふうに肌をなぞられ、忍は羞恥《しゅうち》に頰を染めた。

「やっ……」

（そんなとこ……）

そのつもりで始めたことではあったが、やはり恥ずかしくてたまらない。

香司が「本当に可愛い奴だな」と言いたげに微笑んだ。

優美な仕草で、そっと忍の前に跪《ひざまず》き、セーターをめくりあげ、なめらかな脇腹《わきばら》に口づける。

「ダメ……香司……」

蚊の鳴くような声で、忍は呟いた。

弱々しく抗《あらが》うと、腰を抱きよせられ、いっそう恥ずかしくなった。

「綺麗だ、忍……」

「香司……明るいとこじゃやだ……」

黒髪の少年は一瞬、動きを止めた。

それから、たまらなくなったように忍の身体《からだ》からセーターを引きはがしはじめる。

軽い音をたてて、畳にセーターが落ちる。

「やっ……！　香司……！」

畳に押し倒されてジタバタすると、香司が微笑んでキスの雨を降らせてくる。

「好きだ、忍」

「や……あ……っ……香司……」

まるで魔法でも使っているように手際よく、香司は忍の衣類をとり去っていく。

生まれたままの姿になった忍は恥じらいながら、香司の浴衣の背にしがみついた。

もう何も考えられない。

香司の指と舌に応《こた》えて、水からあがった魚のように身をくねらせている。

黒髪の少年もまた、陶然とした瞳で忍の唇を味わいながら、一気に腰を進めてきた。

成就《じょうじゅ》の瞬間、忍の全身に甘やかな震えが走り、閉じた睫毛のあいだから透明な涙がつっと一筋流れた。

幸福というものを目に見える形にすることはできないけれど、今、この時、たしかに幸福はそこにあった。

温《ぬく》もりと歓《よろこ》び、信頼、口づけと吐息のあいだに。

＊　　＊

翌朝、紺の羽織に女物の浴衣を着た忍は、ぼーっとした様子で宿の回廊を歩いていた。

久しぶりに、恋人の腕のなかで目覚めた朝である。

当人は気づいていないが、肌の透明感が昨夜《ゆうべ》とまったく違う。まるで、見えない光の粒子が忍をとりまいているようだ。

ここに五十嵐《いがらし》たちがいたら、軽口を叩《たた》くのも忘れて、忍の姿に見惚《みと》れていたかもしれない。

一時間ほど後、忍たちは横山の運転するレンタカーで那智大社にむかう予定だった。

香司はまだ部屋で布団《ふとん》に潜りこんだまま、出てこない。

そのあいだに、フロントの横の自動販売機でジュースを買おうと部屋を出てきた忍だった。

（あれ？）

何気なくガラスごしに左手の庭を見た忍は、冬の池のなかからどこか見覚えのある老人が這《は》い出《だ》してくるのに気がついた。

痩《や》せた小柄な身体つきで、白髪頭を江戸時代の人間のように、ちょんまげに結っている。青灰色《せいかいしょく》の着物と袴《はかま》が、水にびっしょり濡れていた。

老人は岸にあがって、犬のようにブルブルッと身震いし、滴《しずく》を飛ばしている。まだ、忍の姿には気づいていないようだ。

忍は、ゴクリと唾《つば》を呑《の》みこんだ。

（まさか……なあ。いくらなんでも）

そう思いながら歩いていたせいか、どすんと誰かにぶつかった。

「うわっ！」

思わず、よろめいた忍をスーツの腕が抱きとめてくれる。

ふわっといい匂いがする。

（え？）

「大丈夫だったかい、姫君。また会えたね」

忍を抱きとめた相手は、よく響く声でそう言った。

びっくりして見上げると、至近距離に鏡野綾人《かがみのあやと》の綺麗な顔があった。

焦げ茶色に白のピンストライプの入ったスーツに、オリーブ色、カーキ色、薄紫、白、紫のストライプの絹のシャツをあわせている。ネクタイはしていない。

胸ポケットから、センスのいい茶系のポケットチーフをのぞかせていた。

「ぎゃっ！」

忍は耳まで真っ赤になって、飛びすさった。

「忍さん、いくらなんでも再会の挨拶《あいさつ》が『ぎゃっ！』はないんじゃないかな」

苦笑して、綾人が言う。

（うわあ。やべえ）

「すみません。あの……どうして、鏡野さんがこんなところに……？　円山《まるやま》のお爺《じい》さんもあんなところにいるし……」

「それはこの宿のまわりに、香司君の張った結界があるからだよ」

「え？　結界……？」

「うん。ぼくは、正々堂々と正面玄関から入ってきたんだけどね。じいは水脈伝いに入ろうとして、失敗したみたいだ。警備が厳重なのは、いいことだよ。大切な宝物を守るためにはね。……もっとも、ぼくの愛の力はどんな宝物庫の鍵《かぎ》だって開けてしまえるけれど」

綾人は忍を見下ろし、ふふ……と笑った。悪戯《いたずら》っぽい口調で言っているが、瞳はとろけそうに優しい。

どうしていいのかわからなくて、忍は曖昧《あいまい》に微笑《ほほえ》んだ。

(困るんだけど……。愛とか言われても)

「あの……もしかして、オ……私にご用だったんですか？」

「うん。忍さん、うちの叔父が、数日前から熊野《くまの》に入っている。どうか、気をつけてくれたまえ。君に何かあったら、ぼくは……」

綾人はふっと言葉を切って、切なげな顔になった。

「鏡野さん……」

なんと言っていいのかわからず、忍は大蛇《おろち》一族の当主の美しい顔を見上げていた。

心配してくれるのはうれしいが、綾人の想いに応えることはできない。

それが、少しつらかった。

その時、綾人が「おや」と言いたげな表情になった。

「忍さん、ちょっと動かないで」

(え……？)

繊細な指がのびてきた。

触られるのかと思って、忍は身を固くした。

綾人は真面目《まじめ》な顔で、そっと忍の髪のあいだから何かをぬきとり、ぐっと握りつぶした。

一瞬、綾人の手のなかでバチッと火花が散ったようだった。

「今の……なんだったんですか？」

「妖気の固まりがついていた。たいしたものじゃないから心配はいらないけれど、誰かの恨みを買っているね」

「恨み……ですか？」

忍は、目を見開いた。思わぬことを聞かされて、ひどく不安な気持ちになる。

「たぶん、うちの叔父だ。すまない、忍さん」

綾人はつらそうな瞳になって、そっと頭を下げた。

「いえ……。気にしないでください。鏡野さんが悪いわけじゃないですから」

「優しいね、忍さんは……」

綾人が言いかけた時、背後から静かな声がした。

「忍、ここにいたのか」

振り返ると、黒いスーツ姿の香司が無表情に立っている。

どうやら、大蛇の気配を察知し、いち早く忍のもとに駆けつけたようだ。

（香司……）

忍は、身を翻《ひるがえ》して恋人に走りよった。それはほとんど無意識の動作だった。

綾人がそんな忍を見、「やれやれ」と言いたげな顔になった。

それから、香司のほうに視線をむける。

「久しぶりだね、香司君。元気そうで何よりだよ。スキャンダル、大変そうだね」

「あんなもの、なんでもない。俺の本命は忍だけだ」

香司が、見せつけるように忍の華奢《きゃしゃ》な肩を抱きよせる。

（ちょっと……香司……。人前で恥ずかしいんだけど）

忍は目を伏せ、さり気なく香司の腕を押しやろうとする。

綾人は、やわらかく微笑んだ。

「幸せそうで何よりだ。お邪魔虫は退散するよ」

「忍になんの用だ？」

「姫君にはご挨拶と忠告をね。ぼくは、忠実なナイトだから」

穏やかに言うと、綾人は優美な仕草で一礼し、音もなく二人の横を通り過ぎていく。

庭で恐る恐る様子をうかがっていた円山忠直《ただなお》も忍たちにペコリと頭を下げ、綾人の後を追いかけた。

「忠告だと？」

香司が無表情に忍を見下ろす。

「うん……。鏡野継彦《つぐひこ》が熊野に来てるから、注意しろって」

「なるほどな。思わせぶりで、いやらしい男だ」

不機嫌な声で、香司は呟いた。

* *

忍と香司、それに横山を乗せたレンタカーが宿の女将たちに見送られ、羽衣亭から走り去る。

「綾人さま、よろしいのですか？　ついていかれなくて」

宿の屋根の上で、じいが尋ねた。老人は瓦の上に座り、どこで手に入れたのか、湯気の立つあつあつの焼き芋を両手のなかで転がしている。

老人の隣には、綾人がひっそりと立っていた。

「べったりくっついて、世話を焼くのだけが愛情じゃないだろう。ぼくは、ぼくにしかできないことをする。それが結果的に忍さんのためになれば、それでいい」

「綾人さまは、大人でございますな」

「なんだい、じい。いきなり」

「黙って見守るのも愛でございますな。

「あのいとけなかった綾人さまが、このようなよい漢《おとこ》になられて……じいは……じいは……感無量《かんむりょう》でございます」

老人はずずっとはなをすすりあげ、笑顔になった。

苦笑して、綾人が言う。

「じい、焼き芋に鼻水がつくよ」

「綾人さま、その心意気、かならずや忍さまに通じますぞ」

「うん。そうだといいけれどね」

ふっと笑って、綾人は屋根に腰を下ろした。

「いい風だ」

澄んだ冷たい風が、大蛇一族の当主の陽に焼けた頬を撫でて通り過ぎる。

遠ざかる車をじっと見つめながら、綾人は穏やかに微笑んでいた。

その眼差しには、静かな決意の色が浮かんでいる。

＊　　　＊

浮島《うきしま》の森がある和歌山県新宮市《しんぐう》は、熊野信仰の中心地として古くから栄えてきた。

街の北東には三重県との県境でもある熊野川が流れ、北西には熊野三山《さんざん》の一つ、熊野速《はや》玉《たま》大社があり、山に抱かれた町には落ち着いた空気が漂っている。

浮島の森は、新宮駅から徒歩七分。

ごく普通の住宅街のなかにある、フェンスに囲まれた小さな沼地である。

プレハブの見張り小屋があり、そこで料金を払ってなかを見物することができる。

沼には植物の枝や葉が堆積《たいせき》し、浮島を作っている。

そこには、水性植物や杉、山桃、トベラなど、百三十種類もの植物が生え、国の天然記念物に指定されている。

浮島の森のなかには遊歩道が作られていて、その外は底なし沼になっているという。

底なし沼の一角には、「蛇の穴」と呼ばれ、大蛇が住むという穴がある。

かつて、「おいの」という娘がここから大蛇に呑まれたという。

上田秋成《うえだあきなり》はその伝説に着想を得て、『雨月《うげつ》物語』の「蛇性《じゃせい》の婬《いん》」を書いたのだ。

忍たちがやってきたのは、この沼地だった。

冬のことで、木々の大半が葉を落とし、蓮《はす》の葉もすっかり枯れていた。

「湿気すごいな。じめじめしてる」

ぐらぐらする遊歩道を歩きながら、忍は緑色の水のなかをのぞきこんだ。

時おり、黒っぽい魚の影が見える。

「落ちるなよ」

香司が、心配そうに忍を振り返った。横山は、外の駐車場で待っていた。

「大丈夫だよ。……あれ？　あそこになんか看板あるぞ。『蛇の穴』って書いてある。あそこじゃねえのか？　その静香さんの親戚《しんせき》の大蛇がいるのって」

忍は、遊歩道の右手を指差した。

そのあたりは濡《ぬ》れた泥に覆われ、雑草も生えていない。

泥の手前に「蛇の穴」という看板が立っていた。名前の由来を説明してある。

「ここ、底なし沼なんだな……」

説明文を読みながら、忍は眉根《まゆね》をよせた。

その時、蛇の穴の泥がボコボコと泡立ちはじめた。

「ぎゃー！　なんかいる！　なんか出たっ！」

忍は、香司の腕にしがみついた。

「落ち着け、忍」

香司がボソリと言って、泡立つ泥に目を凝らした。

ふいに、蛇の穴のなかからぼんやりとした光が立ち上りはじめる。

（うわ……！）

光はしだいに強くなる。

「ようこそ、御剣《みつるぎ》家の若さま」

光のむこうから、落ち着いた若い男の声が聞こえてきた。

光のなかに、ぼんやりと黒っぽい人影は見えるが、姿形はわからない。

「御剣香司だ。初めてお目にかかる。ここにいるのは、松浦《まつうら》忍。玉川《たまがわ》家の末裔《まつえい》で、生玉《いくたま》の継承者」

香司は、驚いた様子もなく静かに言った。

「静香から話は聞いております。月彦《つきひこ》と申します。何か捜し物をなさっておいでとか」

どうやら、この声の主が静香の親戚の大蛇らしい。

「熊野で、ミサキという人かものをご存じだろうか」

光のむこうの人影が、わずかに身じろぎしたようだった。

「それは、ミサキさまのことでありましょう」

「ミサキさまとは？」

「熊野三山の八咫烏《やたがらす》の長《おさ》でございます」

淡々とした口調で、月彦が言う。

「八咫烏？　……って、サッカーの守り神の？」

忍は、首をかしげた。

たしか、三本脚の烏が青い旗の真ん中でサッカーボールを踏んでいるイラストを見たことがある。

香司が、ため息をつく気配があった。

「最近は、八咫烏というとサッカーなのか。『古事記《こじき》』や『日本書紀《にほんしょき》』にも出てくる神のお使いだぞ」

「え？　それくらい、知ってるぞ。有名じゃん」

実は知らなかったのだが、忍は知ったかぶりしてみせる。

香司が「やれやれ」と言いたげな顔になった。

「それで、ミサキさまにはどこへ行けば会えるんだ？」

香司が尋ねると、大蛇は光のむこうで首を横にふったようだった。

「ミサキさまは、人間にはお会いになりません」

「でも……どうしてもお会いしなきゃいけないんです。解かなければならない呪《のろ》いがあって……」

忍は一生懸命、食い下がった。

しかし、月彦は無情に答える。

「残念ですが、妖には妖のつきあいというものがあります。たとえ玉川家と御剣家のお二人でも、お教えするわけにはまいりません」

光が薄れ、消えていく。

「あ……！　待ってください！　お願いします！　ヒントだけでもいいですから！」

短い沈黙の後、月彦の声がした。

「あきらめて、お帰りください。人間はよけいな詮索《せんさく》などせず、那智の滝でも散策されるのがお似合いですよ」

月彦の気配はそのまま消えた。

香司が、沼にむかって丁寧に頭を下げた。

「恩に着る」

「え？　どういうことだ？　教えてもらえなかったんだろ？」

キョトンとして、忍は首をかしげた。

香司は満足げな顔で忍を見、恋人のやわらかな栗色の髪をくしゃっとつかんだ。

「ああ。だから、那智の滝に行く」

（え？　ええ？）

よくわからないながらも、香司に引っ張られるようにして、忍は浮島の森を後にした。

＊　　＊

その十数分後、遊歩道に長身の美しい姿が現れた。

鏡野綾人である。

「助かったよ、月彦」

静かな声が、浮島の森に響きわたる。

沼のなかから光が射《さ》し、少しすねたような声が聞こえてきた。

「静香さまからも頼まれていましたからね。しかし、あなたの想《おも》い人《びと》を助けるためだというのは、少々納得がいきません」

声につづいて、光に包まれた人影が現れた。

光が強すぎて、その姿形ははっきりとはわからない。

「実物を見ても、納得できないか」

「たしかに美しいかたでしたが……。あれはもう悪い虫がついていますよ、綾人さま」

「虫くらい、なんということもない。そんなことくらいでは、ぼくの大切な姫君には傷一つつかない」

艶《あで》やかに、綾人は微笑んだ。

一瞬、綾人の周囲に光が射したように見えた。

その眩しい笑顔に、月彦はため息をもらしたようだった。

「恋をしていらっしゃるのですね。……妖ですら恋をします。しかし、鏡野一族の当主としてのお立場をどうかお忘れなきように」

「むろんだ。月彦、ぼくはいずれ、おまえには東京に戻ってもらうつもりだよ」

綾人の言葉に、月彦は切なげに微笑んだようだった。

「そのお言葉だけで、充分ですよ。……大切な又従弟《またいとこ》の君」

再び、輝く人影は沼のなかに消えていく。

それを見送り、綾人は優美な仕草で蛇の穴に背をむけ、歩きだした。

*　　*

浮島の森を出てから、四、五十分後、忍たちを乗せた車は急カーブの山道を走っていた。

右手には、優しい輪郭の杉山が広がっている。

那智の山だ。

深い山に分け入っていくにつれて、山そのものに抱かれているような安心感が全身を浸《ひた》してゆく。

見知らぬ場所にいるはずなのに、まったく不安を感じない。

遠い昔から霊山として信仰を集めてきたこの土地には、たしかに何か不思議な力が宿っているようだ。

やがて、突如《とつじょ》として右手の山肌に一筋の滝が現れた。

滝の一番上の崖《がけ》には、注連縄《しめなわ》が張られている。

冬のことで、滝の飛沫《しぶき》が届く範囲は白く氷に覆われていた。

「あれが那智の滝ですよ、忍さま」

ステアリングを握りながら、横山が言う。

「すげえな……。大きい。それに、神々《こうごう》しい感じだ」

車は、ほどなく那智の滝に近い駐車場で停《と》まった。

右手のほうに、飛瀧《ひろう》神社の鳥居があった。那智の滝を御神体とする社《やしろ》である。

激しい滝の音が聞こえてきた。

あんなに遠くに見えた滝は、今はかなり近くにあるらしい。

三人が車から降り、歩きだした時、妖気《ようき》を含んだ風が吹いてきた。

香司と横山が素早く鳥居のほうに視線を走らせる。

「いるなら、出てきたらどうだ？」

低い声で、香司が言う。

忍が視線をむけると、鳥居の陰から一人の男が現れた。

赤い狩衣《かりぎぬ》を着ている。歳《とし》は二十代後半くらいだろうか。狩衣の肩に一羽の烏をのせていた。

男の後ろには、黒い狩衣に身を包んだ老人が二人、控えている。

（あれ？）

忍は、目をこすった。

鳥の脚が三本あるように見える。気のせいだろうか。

「これは驚きました。八咫烏ですね。本物を見るのは初めてです」

横山が呟くのが聞こえた。

（……ってことは、まさか、あれがミサキさま？）

忍は、まじまじと三本脚の鳥を凝視した。

八咫烏を肩にのせた男が、ゆっくりとこちらに近づいてくる。

鳥が羽をばたつかせ、カアと鳴く。

「人間が何しにきた？」

太い声で、赤い狩衣の男が尋ねてきた。

どうやら、男は人間でないらしい。

「はじめまして。松浦忍といいます。東京から、呪いを解きたくて来ました。あの……ミサキさまですか？」

まっすぐ背をのばして、忍は答える。

烏がまた、カアと鳴いた。

「誰から聞いてまいったとおっしゃっておられる」

「鏡野静香さんと、浮島の森の大蛇さんに教えてもらいました」

男は、初めて表情を動かした。わずかに眉根をよせる。

「鏡野の紹介か」

「はい。そうです」

「鏡野からの紹介ならば、しかたがあるまい。おぬしの言うとおり、こちらの八咫烏がミサキさまだ。俺はミサキさまにお仕えする妖の一人で、熊彦《くまひこ》という。ミサキさまのお言葉を伝えるのが役目だ」

赤い狩衣の男がニヤリとした。

(熊彦? すげぇ名前)

忍は、目を瞬《しばたた》いた。

熊彦というからには、やはり熊の妖だろうか。

「呪いを解きたいと言ったな。たしかに妖の滝、七つ滝に打たれて祈願すれば、呪いは解けるかもしれん。だが、人間には無理だ」

「どうしてですか?」

「七つ滝は、那智の滝の源流のそのまた源流だ。そこにたどりつくには、試しの洞窟《どうくつ》をぬけ、二つの神宝《しんぽう》を持ち帰らねばならぬ。しかし、失敗すれば、もとの姿を失い、山の獣に変わってしまう。妖にすら、厳しい試練だ。ましてや、人間ごときにくぐりぬけられようはずがない」

「でも、なんとかして呪いを解きたいんです。お願いします。挑戦させてください」

熊彦が、まじまじと忍を見た。

「聞いていなかったのか？　失敗すれば、もとの姿を失い、山の獣になってしまうぞ」

忍は、チラと香司のほうを見た。

香司が、低く言う。

「試しの洞窟には、一人で入らなければならないのか？」

「一番奥の陰陽の胎道に入るには、一人でなければならぬ。だが、その手前までなら、同行者も入れる」

「試しの洞窟を見学することはできないのか？　入れるところまででいいが」

「見学だと？　試しの洞窟は神聖な場所だ。そのような真似《まね》が許されると思うのか」

熊彦が気色《けしき》ばむ。

「では、試しの洞窟に行って、途中でやめることはできるのか？　それとも、やめたら失敗と見なされて、山の獣になってしまうのか？」

「途中でやめることは許されない」

「そうか。わかった」

香司は「やれやれ」と言いたげなため息をついて、忍のほうを見た。

「少し考えてみたほうがよさそうだぞ」

「そうだけど……。ここがダメだったら、ほかに道があるのか?」

「それは……わからん。だが、リスクが大きすぎないか」

どうやら、香司は忍が挑戦することには反対らしい。

しかし、今の忍は必死だった。

呪いを解く方法があるならば、藁《わら》にでもすがりたい。

「その試しの洞窟って、すごく難しいんですか?」

忍の問いに応えるように、烏がカアと鳴いた。

熊彦が厳《おごそ》かに言う。

「願い事の内容によって、試しの内容は変わる。どうしてもと言うならば、案内してつかわすとおっしゃっている。ただし、こたびの機会を逃せば、二度と挑戦は許さぬとのことだ」

(マジかよ)

思っていた以上に厳しい返答に、忍は拳《こぶし》を握りしめた。

たとえ挑戦するにしても、一度、宿に戻って、香司たちとじっくり話しあってから決めようと思っていたのに。

「さあ、どうする?」

冷徹な熊彦の声が、決断を迫る。

滝の音が大きくなったようだ。

＊　　＊

忍が滝の側で熊彦とむきあっていた頃、異様な気配がＪＲ那智勝浦駅前に漂ってきた。

気配の源《みなもと》は、駕籠《かご》だ。

真っ白な肌で、特徴のない顔の男が二人、前後で駕籠を担《かつ》いでいる。身につけているのは、江戸時代の人間のような紺の着物と白い褌《ふんどし》だ。

この一行の姿は、普通の人間の目には見えていないようだ。

駕籠かきたちが、ゆっくりと駕籠を下ろす。

なかから現れたのは、黒い着物と袴《はかま》姿の継彦《つぐひこ》だ。顔色はまだ青いが、瞳の光は強い。

「戸隠！　どこだ！」

不機嫌そうな声で、継彦が軍師を呼ぶ。

駅前に設置された無料の足湯がボコボコと泡だったかと思うと、そこから黒ずくめの陰気な姿が這《は》い出《だ》してきた。

「ここにおります」

「例の雲外鏡《うんがいきょう》、無量《むりょう》はどうなった?」

「は……。大丈夫でございます。充分、牢獄《ろうごく》としての機能を果たしましょう。松浦忍は牛《うし》鬼《おに》の失態の後、御剣香司とともに熊野に入ったようでございます」

足湯から離れて、戸隠は陰気な声で答えた。その身体はまったく濡れていない。

「今、松浦忍はどこにいる?」

「那智の滝にむかったそうですが、山の霊気が強すぎて、視《み》えませぬ。あるいは、目的地は那智の滝の上流にある七つ滝かもしれませぬが」

「七つ滝? 呪いを解き、不浄を清め、新たな命をあたえる力を持つと言われているあの妖の滝か」

「はい。もしかすると、松浦忍は女に見える呪いを解くため、試しの洞窟に入ろうとしているのかもしれませぬ」

「なるほど。では、そこにむかおう」

「御意《ぎょい》」

戸隠は、深々と頭《こうべ》をたれた。

大蛇の軍師の傍《かたわ》らに、もう一つ、駕籠が現れる。

主従は駕籠に乗りこみ、那智山を目指して移動しはじめた。

＊　　＊

洞窟のなかに、硫黄《いおう》の臭《にお》いが漂っていた。

岩の壁のところどころに、篝火《かがりび》が燃えている。

ゴツゴツした入り口から、洞窟はゆるやかに下り坂になり、教室ほどの広さの洞窟をいくつか通りぬけてゆくと、やがて突き当たりに試しの洞窟が現れる。

今までで一番大きな洞窟だ。

床の一角に温泉が湧いているせいか、洞窟のなかは暖かかった。

試しの洞窟の中央に、肩に八咫烏をのせた熊彦が立っている。

カアカアと烏の声がした。

「『覚悟は決まったか？』とミサキさまがおっしゃっておられる」

熊彦の言葉に、忍は小さくうなずいた。

「大丈夫です」

妖たちが用意してくれた白い着物と袴に着替え、裸足《はだし》に草鞋《わらじ》を履いている。

側では、香司と横山が無表情に忍を見守っていた。

二人とも心のなかでは心配しているのかもしれないが、顔にはださない。どちらも、忍の判断を尊重したのだ。

温泉の左手、洞窟の一番奥に二本の注連縄が張られ、そのむこうに二つの胎道がぽっかりと暗い口を開けている。

そのむこうに行くことができるのは、試練の挑戦者のみ。

先に立って、忍たちをここに案内した八咫烏は今は熊彦の肩で羽の手入れをしている。

「陰の胎道と陽の胎道で、それぞれ神宝を手に入れて戻ってくるのだ。その二つの神宝を

七つ滝の前に捧《ささ》げれば、最後の試練の洞窟が現れる」

「わかりました。どちらから先に行けばいいんですか？」

努めて不安を押し隠しながら、忍は熊彦に尋ねた。

熊彦が右手の洞窟を示す。

「陽の胎道だ。失敗してもかまわぬぞ。我らにとっては、山の獣が一匹増えるだけのこと

だ」

（冗談じゃねえよ）

忍は心のなかで呟いて、香司に視線をむけた。

恋人たちの眼差しが、一瞬、空中でからみあう。

こんな状況でなければ、駆けよって抱きしめあったろうに。

（オレ……決めたから。ごめんな。おまえは、心配してるかもしれねえけど）

「じゃあ、行ってくる」

忍は、香司にむかって微笑みかけた。

香司も優しい瞳で、うなずいてみせる。

「気をつけて」

それ以上、言葉はいらなかった。

忍は横山に視線を移し、ペコリと頭を下げた。

「香司をよろしくお願いします」

「忍さま、お気をつけて」

横山も、温かな口調で応える。

（あ、そうだ。オレに何かあったら、香太郎《こうたろう》の世話……。いや、やめとこう。そんなこと言えば、二人ともよけいに心配するよな）

香太郎というのは、御剣家に残してきた忍の愛猫《あいびょう》だ。香司や横山にも懐《なつ》いている。

忍は弱気な言葉を呑みこみ、まっすぐ頭をあげて陽の胎道にむかっていった。

着物の背中に痛いほど、香司の視線を感じた。

胎道に近づいていくにつれて、滝の音が大きくなる。

ここからは見えないが、七つ滝はすぐ近くにあるらしい。

狭くて薄暗い洞窟のなかをくぐりぬけていくと、ふいに道が開け、屋外に出た。

しかし、今までいた場所とはあきらかに異質だった。

心地よい風が吹いてくる。

＊　＊

冬の寒さも消え、あたりは春の陽射《ひざ》しに包まれていた。

岩場に囲まれた窪地《くぼち》のような場所だった。ぱらぱらと灌木《かんぼく》が生えている。

（あれ？　行き止まり？）

忍は、あたりを見まわした。

どこに神宝があるのかわからない。

灌木から離れたところに、三人の若い女の人がいた。天女のような服装をして、長い髪を結いあげている。

一人は桜色、一人は茜色《あかねいろ》、一人は牡丹色《ぼたんいろ》の衣を身につけていた。

女たちはそれぞれ五、六メートルの距離をおいて地面に屈《かが》みこみ、手探りで何か探しているようだ。

（えーと……もしかして、目が見えねえとか？　なんだろう、あの人たち……）

一瞬、忍は戸惑った。

しかし、これも試練の一部かもしれないと思いあたる。

(よし。話しかけてみよう)

「あの……すみません」

言いかけたとたん、三人が顔をあげた。

「どなたかおいでですか?」

桜色の衣の女が、澄んだ声で尋ねてくる。

「います。えーと……」

「もし、そこのおかた。領巾《ひれ》を風に飛ばしてしまいました。とっていただけないでしょうか。もとの姿に戻れずに、困っているのです」

牡丹色の衣の女が声をあげた。

「ひれ?」

(魚なのか? ……んなわけねえか)

忍は戸惑い、足もとを見た。

それらしいものは落ちていない。

「細長い布でございます。私たちは三人とも、目が見えません。領巾が戻ってくれば、見えるようになるのですが……」

「布……なんですか。わかりました。探してみます」

忍は、あたりを見まわした。

灌木に、細長い布がからまっているのに気がつく。みな白くて、どれが誰のものかわからない。

(これか。魚の鰭《ひれ》とは、ずいぶん違うな)

「お気をつけて……。間違えた領巾を渡されると、私たちは死んでしまいます」

「ええっ⁉　本当ですか⁉」

びっくりして、忍は灌木にのばしかけた手を止めた。

(もしかして、これが試練なのか？　……失敗したら、オレ、獣になっちまう？)

そう思うと、手が震えた。

「どれが誰のものとか……印《しるし》か何かついていないんですか？」

言いながら三枚の布に顔を近づけ、何か違いはないかと探してみる。

その時、ふわりと香の匂いが忍の鼻をくすぐった。

(お香……？　これ、お香の匂いだ)

嗅《か》ぎくらべてみると、三枚とも香りが違う。

(わかった！　これ、組香《くみこう》だ！)

組香というのは、何種類かのお香を嗅ぎ分ける雅《みやび》な遊びである。

名前を隠して出される香の順番と組み合わせによって、答えは変化する。

(たぶん、これ、あの三人の残り香だ。一人ずつ、違う匂いがするんだ。近くに行って、匂いをたしかめて、同じ領巾を返せばいいんじゃないかな。オレって、頭いい)

自画自賛しながら、忍は桜色の女に近づいていった。

ふわりといい匂いが漂ってくる。

(うーん……香ばしいな。香木なんだけど、ビスケットっぽい。これ、オレ、得意な匂いなんだ)

にんまりとして、忍は今度は牡丹色の女に近づいた。

漂ってくる香りは、華やかで強い印象がある。

(たぶん、これ、伽羅《きゃら》かなんかなんだ。でも、けっこう状況によって匂いが変化するんだよな)

三人目は、茜色の女。

香りは、忍の苦手な匂いだった。好き好きなのかもしれないが、いがらっぽくて、臭いように感じてしまう。

(うわ……。嫌いなんだよな、この匂い)

しかし、これでだいたいわかった。

あらためて、領巾の匂いを嗅いでみる。

ビスケットに似た匂いは、やはりすぐわかった。嫌いな匂いもわかる。

だが、最後の一つの香りはどうも何か違うような気がしてならない。

(でも、三つのうちのどれかが、牡丹色の人のなんだよな。……じゃあ、とりあえず、ビスケットっぽいのは確定として、嫌いな匂いが茜色の人のか?)

最初は自信があったのに、考えれば考えるほど、わからなくなってくる。

忍は三枚の領巾を嗅ぎなおし、ギュッと目を瞑《つむ》った。

御剣家で組香の稽古《けいこ》をしていた時のことを、一生懸命思い出そうとする。

(嗅ぐのは三回までだったよな。それで、印象をノートにメモって、丸とバツつけて消去法で消していって……)

胸の奥に、香司の義母、俊子《としこ》の声が甦《よみがえ》ってくる。

――そうじゃないでしょう、忍さん。

(あ……そうか)

忍は、目を開いた。

三枚の領巾をつかんで、もう一度、女たちに近づいていく。

「これ、あなたのだと思います」

ビスケットのような香りのする領巾を、桜色の衣の女に手渡す。

女は受け取って、微笑んだ。

一人目はクリアした。自信はあったが、いざＯＫをもらうまでは不安でしかたがなかった。

　忍は、ほうっと息を吐いた。

（桜の精だったのか）

　領巾をまとった女は煙のように消え、あとには桜の木が生えていた。

「ありがとう。私のです」


　残りは二つだが、数が減っても難しさには変わりない。

（あたりますように）

　無意識に領巾を強く握りしめ、忍は茜色の衣の女に手をのばした。

「これ、あなたのですよね？」

　苦手な匂いのする領巾を渡すと、女は領巾を鼻先に持ってきて、小さくうなずいた。

「そのようです」

　次の瞬間、女の姿は消え、忍の目の前には紅葉《もみじ》の木が現れた。

（ビンゴか。……よかった。本当によかった）

　忍は地面にしゃがみこみ、ふう……と大きな息を吐いた。

　膝《ひざ》がガクガク震えている。

　最後の、そして最大の関門を突破するために、忍はゆっくりと立ちあがった。

待ち受ける牡丹色の衣の女に歩みより、呼吸を整える。

(香司……祈っててくれ。オレが無事に戻れるように)

忍は、最後に残った領巾を見下ろした。

もう迷いはなかった。

「これ、あなたのじゃないですね？　匂いが違います」

さらりと言うと、女はしばらく黙りこんだ。

(え？　オレ……間違えた？)

忍の背筋に、冷や汗が流れる。

女は、ふいにニコリとした。

「そのとおりです。よくわかりましたね。私の領巾ではありません」

(あたったぁ……！)

忍は、はあっと大きく息を吐いた。

最後の女が、牡丹の花に変わる。

ゴゴゴゴゴッ……！

鈍い音とともに、奥の岩が左右に動いた。そのむこうに狭い通路があり、通路の突き当たりに縁台のようなものが置かれているのが見えた。

縁台の上に、何かキラリと光るものがある。

(なんだろう?)
忍は、縁台に近づいていった。
そこには、畳んだ白い布が敷かれ、その上に水晶の小さな玉が置かれていた。
光ったのはおそらく、この玉だ。
(これが神宝か……)
忍は誰にともなくペコリと一礼し、透明な玉を手にとった。
一瞬、花の匂いのする風がゴウッと通路を吹き過ぎていった。
忍は片手で顔にかかる栗色の髪を押さえ、目を細めた。
不思議な満足感が胸のなかに広がっていく。
御剣家で暮らした一年は——無駄ではなかった。
あの無意味とも思える厳しい花嫁修業でさえも。
そう思える自分が誇らしかった。
(さあ、行こう。次は陰の胎道だ)

＊　＊

忍が水晶の玉を手にして戻ったのを見て、香司はあきらかにホッとした顔をした。

横山もめずらしく、安堵《あんど》の表情を浮かべている。

八咫烏がカアと鳴いた。

「ミサキさまが、よくやったなとおおせになっておられる。次は、陰の胎道だ。神宝はここに置いていけ」

熊彦が言う。

忍は少しためらい、水晶の玉を香司に手渡した。

「預かってて」

「大丈夫だ。命に代えても護《まも》る」

香司は水晶の玉を握りしめ、少し切なげに笑った。

「手伝えないのが残念だ」

「何言ってるんだよ。……香司がここにいてくれるだけで、どれだけ心強いか」

少年たちは互いの瞳を見つめあった。

香司が、半歩前に出る。

できるならば、もうこの先には行かせたくないと思っているのだろう。しかし、香司は自分を抑えたようだった。

「準備はいいか？」

熊彦が尋ねてくる。

忍は、妖にむきなおった。

「大丈夫です」

「では、これを持っていくがよい」

すっと差し出されたのは、おいしそうなピンクの桃だった。甘い匂いが漂ってくる。

「桃……ですか？」

（なんで、桃？）

忍は、目を瞬《しばたた》いた。

「陰の胎道に入り、神宝を手に入れると、神宝を護っていた鬼たちが目覚めて追ってくる。追いつかれそうになったら、この桃を投げ、鬼たちが桃を喰《く》らっている隙《すき》にこちらに戻ってくるがよい」

淡々とした口調で、熊彦が教えてくれる。

香司と横山が、顔を見合わせた。

「『古事記』で、イザナギが変わり果てたイザナミのいる黄泉《よみ》から逃げる時に使った手か」

ポツリと香司が呟く。

「イザナギ？　桃で逃げたのか？」

「神話や昔話の定番だな」

「ふーん……そうなんだ」

忍は、くんくんと桃の匂いを嗅いでみた。やはり、普通の桃の匂いしかしない。

（ただの桃に見えるけど、これで鬼たちを防げるのか？　喰ってるあいだって言ったって、一個だけだし）

「喰うなよ」

ボソリと香司が釘《くぎ》を刺す。

「なんだよ！　喰うわけねえだろ！　こんな大事なもの！」

忍は桃を両手で抱え、恋人を睨《にら》んだ。

熊彦がカラカラと笑って、行くように促す。

香司がそっと手をのばし、忍の手ごと桃を握りしめた。

「気をつけて行ってこい」

触れあう指が熱い。

忍は大きく息を吸いこみ、香司から離れて歩きだした。

陰の胎道にむかって。

＊　　＊

陰の胎道もやはり途中から道が開け、屋外に出た。

しかし、こちらは吹き過ぎる風も冷たい。ゴツゴツした岩場には、草木も生えていない。

(ずいぶん寂しいところだな)

忍は眉根をよせ、用心しながら歩いていった。

やがて、行く手に小さな祠《ほこら》が見えてくる。

祠のなかで、何かがキラリと光っていた。

(まさか……もう神宝か?)

ここまでは何もなくたどりついた。だが、熊彦の言葉が本当だとすると、ここから後は命《いのち》懸《が》けの駆けくらべになる。

忍は大きく息を吸いこみ、手のなかの桃を確認し、祠に近づいていった。

やはり、陽の胎道にあったものとよく似た水晶の玉が置かれている。

(これか……)

忍は、後ろを振り返った。

携帯電話も腕時計も持っていないので、正確な時間はわからないが、少なくとも香司たちのいるあの場所から十分ほどは歩いている。

(走れば五分くらいかな。まあ、できない距離じゃねえ。……よし)

深呼吸し、心を鎮め、忍はゆっくりと水晶玉をつかんだ。

それから、転ばないように注意しながら、脱兎《だっと》のごとく駆けだす。

けれども、鬼たちが追いかけてくる気配はなかった。

(鬼、いねえのか？　留守？　……なわけねえか。とにかく、距離を稼ごう。行きと帰りの道の長さが変わってるとか、そういうのはなしだぞ)

忍は、必死に走りつづけた。

五分ほども走ったろうか。

行く手に、何か小さな生き物がうずくまっているのが見えてきた。薄茶色の毛皮に覆われているようだ。

(鬼？)

びくっとして、忍はスピードを落とした。

しかし、鬼とは違うようだ。

さらに近づくと、そこにいるのが痩せて汚れた母猿と、骨と皮ばかりの子猿なのがわかってくる。

子猿は母猿に抱かれたまま、か弱い声で鳴いていた。

(腹が減ってるのか……)

母猿の力ない視線が、ふと忍にむけられる。

母猿も飢えているのだろう。まるで「助けてくれ」というように小さな声で鳴いた。

忍は、思わず自分の手のなかの桃を見た。

母猿はもう視線をそらしているが、子猿はあきらかに桃に気づき、痩せ細った手をのばしてくる。

（どうしよう。桃一個あげたって、ぜんぜん足りなそうなんだけど……。でも、これしかねえし……）

忍は、後ろを振り返った。

鬼の気配は、まだない。

子猿が哀れな声で鳴く。

とっさに、忍は心を決めた。

「腹……減ってるのか。これじゃ足りねえかもしれねえけど、やるな」

桃を差し出しながら、母猿に近づく。

逃げられるかと思ったが、母猿は片腕で子猿を抱いたまま、もう一方の腕をのばしてきた。

「やるよ」

忍はニコッと笑い、桃を手渡した。

猿の母子は大事そうに桃を抱え、茶色の目で忍をじっと見あげてきた。

「うん。大丈夫だよ。オレ、走るの速いから。食い物、それじゃ足りねえかもしれねえけど……がんばって生き延びろ。オレもがんばって、香司のとこに戻るから」

手をふって、忍は再び走りだした。

ずっと遠くで、獣の吠《ほ》えるような声がする。

不気味な気配が近づいてきた。

(来た。鬼だ)

忍は、スピードをあげた。

見る見るうちに空が暗くなってくる。

ザーッと雨音が聞こえてきた。

ほんの数分で、忍の頭や肩に雨の滴がかかりはじめた。

(まずいな。降ってきた)

歩きにくい草鞋《わらじ》が、濡れた地面を踏んで滑る。

忍は必死に走りつづけた。

雨にまぎれて、鬼の群れが追ってくる。

やがて、行く手にもと来た洞窟の出口が見えてきた。

出口はそこだけ、薄闇《うすやみ》のなかでほの白く光っているように見えた。

だが、そこまでたどりつけるかどうか。

後ろから、鬼の吠え声がしたかと思うと、石が飛んできた。

忍は、びくっとして肩をすくめた。

（やべえ。つかまる）

雨のなかで草鞋を脱ぎ捨て、懸命に走りつづける。

出口は、もうすぐだった。

（あと少し）

忍の髪や白い着物の肩を、雨が容赦なく濡らす。

その時、忍の背中に生臭い鬼の息がかかった。

鋭い爪《つめ》が、すぐ後ろで宙を切るのが感じられた。

何かにぐいと足をとられて、忍は悲鳴をあげて濡れた地面に倒れこんだ。

「うわああああああーっ！」

（もうダメなのか）

そう思った瞬間、周囲の瘴気《しょうき》も鬼の気配もパッと消え、あたりは桃色の空気に包まれた。

「何……？」

雨が急に止《や》んだ。

忍の少し先に、猿の親子がいる。

薄茶色の毛から、後光が射しているのが見えた。

（猿……？）

後光はしだいに強くなり、忍の視界は真っ白に染まった。

気がつくと、忍は二つの胎道の手前の洞窟に戻っていた。

目の前に、熊彦が立っている。

烏がカアカアと鳴いた。

「ミサキさまが、合格じゃとおっしゃっておられる。よく戻ってきたな」

「え？　合格……？」

忍は、いつの間にか固く握りこんでいた右手を開いた。

そこには、水晶玉が握られている。

少し離れたところで、香司と横山がホッとしたような顔でこちらを見ていた。

「猿に桃を渡さなければ、おまえは鬼に喰われて死んでいた」

熊彦の言葉に、忍は身震いした。

（そういう試し方か……！）

もし、桃を大事に抱えこんで、自分のために使おうとしていたら、忍の命はなかったろう。

神宝を無事にとってくる能力ではなく、飢えた猿の親子に桃を渡すかどうか――つまり、忍自身の人間性が問われていたのである。

陽の胎道で問われたのは一年にわたる花嫁修業の成果であり、陰の胎道で問われたのは、人としての心のありようだった。

「人の身で、よく陰陽の胎道を通りぬけた。ミサキさまが七つ滝まで案内してくださる」

「はい……。よろしくお願いします」

忍は神宝を握りしめ、深々と八咫烏にむかって頭を下げた。

緊張の連続で足がガクガク震えている。

鬼に追われて走った時間は短かったのに、身体は驚くほど疲れきっていた。

肉体的な疲労以上に、精神的な疲労が強い。

できるものならば、このまま倒れこんで、泥のように眠りたかった。

しかし、ここで休ませてくれと言うわけにはいかない。

「大丈夫か?」

香司が近づいてきて、そっと声をかけてくれる。

「熊彦殿、七つ滝に行く前に、せめて水を飲ませてはいけませんか?」

横山が尋ねた。

「水は後で飲める。嫌というほどな」

熊彦はそれだけ言って、洞窟の外へ歩きだした。

その肩から八咫烏が飛び立ち、忍にむかってカアと鳴く。

「『ついてくるがよい』とおおせだ」

「はい」

忍はキッと唇を結び、八咫烏を追って歩きだした。

香司と横山も後からついてくる。

第五章　七つ滝へ

七つ滝は、陰陽《おんみよう》の胎道《たいどう》のある洞窟《どうくつ》から徒歩で十数分のところにあった。

高い崖《がけ》の上から、轟音《ごうおん》をあげて大量の水が流れ落ちている。

白く泡立つ滝壺《たきつぼ》の手前に大きく張り出した岩場があり、そこに忍《しのぶ》たちは立っていた。

岩場から滝にむかって、誰《だれ》が造ったものか、まっすぐ丹塗《にぬ》りの橋がのびている。

橋のむこう側には、注連縄《しめなわ》が張られていた。

冬の屋外にもかかわらず、このあたりは硫黄《いおう》の臭《にお》いが漂い、岩場はほんのりと温かかった。

「あれが七つ滝です。付き添いのかたがたは、これ以上はご遠慮いただきたい」

熊彦《くまひこ》が、香司《こうじ》と横山《よこやま》を押しとどめる。

香司は小さくうなずき、忍を見た。

忍も二つの神宝を握りしめたまま、恋人の目を見返す。

もうこれ以上、心が揺れることはないと思っていたのに、今また不安と緊張で動揺しはじめる。

あらためて、いよいよ呪《のろ》いが解けると思ったせいかもしれない。

（オレ……戻ってきた時には、男に見えるようになっているんだ。変わったオレを見て、おまえはどんな顔するのかな……？）

不安と期待が、胸のなかで激しく入り乱れている。

たぶん、呪いが解ければ、自分をとりまく世界は一変するだろう。

家族も友達も近所の人も、今までとは違った目で自分を見るに違いない。

（香司……）

変わった自分をまず第一に見るのが恋人だというのは正直言って、やはり怖かった。

しかし、香司の前でそんな不安は口にできない。

「じゃあ、行ってくる」

なんと言っていいのかわからず、忍はごくありきたりの言葉を口にした。

香司が微笑《ほほえ》む。

まるで、忍の口にできなかった想《おも》いを読みとったように。

「大船に乗った気で行ってこい。俺《おれ》はここにいるから」

「うん」

直接触れることはできなくても、香司の声が、眼差《まなざ》しが忍の背を抱く。

（見ていてくれよ、香司。オレが成功するか失敗するか、その目で見届けてくれ。最後まで）

忍は七つ滝にむかって、ゆっくりと歩きだした。

足もとは濡《ぬ》れていて、滑りやすい。

（気をつけなきゃ）

慎重に一歩一歩、丹塗りの橋を歩いていく忍の身体《からだ》に、滝の飛沫《しぶき》がかかる。

このあたりは、さほど寒くはなかったが、滝の水はやはり冷たい。

その時だった。

七つ滝の周囲が急に騒がしくなってきた。

八咫烏《やたがらす》が警戒するように鳴きだす。

「香司さま！　侵入者です！　お気をつけて！」

横山の声も聞こえてきた。

（侵入者？　これも試練の一部なのか？）

忍は後ろを振り返ろうとした。

「気をつけろ、松浦《まつうら》忍！　大蛇《おろち》だ！　侵入してきた！」

緊迫した熊彦の声がする。

だとすると、これは試練の一部ではない。

忍は、キッと唇を結んだ。

ここまできて、邪魔をされてはたまらない。

(絶対に、呪いは解いてみせる！　何があっても！)

ふいに、橋ががくんと大きく揺れた。

忍は悲鳴を嚙《か》み殺《ころ》し、欄干にしがみついた。

(え？　何？　地震？)

忍は岩場のほうに戻ろうとした。

だが、揺れが激しくて、その場から動けない。

「忍！　危ない！」

警告するような香司の叫びが響きわたる。

滝壺のなかから、茶色の髪の若い男の身体がすうっと浮かびあがってきた。

何もない空中を踏んで、忍の傍《かたわ》らに立つ。

(あ……！)

男は、牛鬼《うしおに》だった。

昇竜軒《しょうりゅうけん》で会った時と同じ、紺の作務衣《さむえ》を着ている。軽薄そうな顔に、ゾッとするような薄笑いを浮かべていた。

忍の全身が総毛《そうけ》立《だ》った。

欄干にしがみついたこの状態で攻撃されたら、避けようがない。
(やばい)
「松浦忍、見つけたぞ」
牛鬼は、ニヤリと笑った。
その瞬間、八咫烏が急降下してきた。
ガアガア！
鋭い嘴《くちばし》で、牛鬼の顔面を狙《ねら》う。
「何！　このっ！　烏ごときが！」
両腕をふりまわし、暴れる牛鬼にむかって、次々に矢が飛んだ。
ヒュン！　ヒュン！
(げっ)
矢を射ているのは、熊彦だ。
「待て！　忍にあたる！」
香司が熊彦にむかって叫ぶ。
しかし、熊彦は躊躇《ちゅうちょ》しなかった。
力いっぱい引き絞った矢が、牛鬼の胸に突き刺さる。
八咫烏は危ういところで避《よ》けた。

「うわああああああああーっ！」

怖《おそ》ろしい悲鳴とともに、牛鬼はもんどりうって滝壺に落ちていった。

忍は欄干にしがみついたまま、それをじっと見ていた。

頬《ほお》は真っ青で、歯の根があわない。

「大丈夫か、忍！」

香司が橋に駆けよる。

しかし、熊彦が鋭い声で香司を制止した。

「それ以上、近づいてはいかん！　呪いが解けなくなるぞ！」

香司は素早く後ろに下がり、責めるような目で熊彦のほうを見た。

「忍が危険だ。助けに行かないと！」

「あのまま滝壺に落ちたら、山の獣に変わるだけだ。怖がって動けなくなれば、そこで試練も終わる」

熊彦が滝壺のほうに視線をむけた。

つられて同じほうを見た忍は水のなかから一匹の猪《いのしし》が浮かびあがり、下流に押し流されていくのに気がついた。

猪は、苦しげにもがいている。

「あれが、侵入者の末路だ」

熊彦の声は、冷ややかだ。

忍は、身震いした。

(牛鬼……猪にされちまったのかよ)

いや、他人事《ひとごと》ではない。

いつまでも欄干につかまっていれば、次は自分が猪にされてしまうかもしれないのだ。

(このままじゃダメだ)

恐怖を押し殺し、一歩前に進む。

そんな忍の変化を見てとったのか、八咫烏がすぐ側《そば》までやってきて、カアカアと励ますように鳴いた。

「ミサキさまは、『滝のすぐ下まで行くと岩に穴が二つある。そこに神宝をはめこむのだ』とおっしゃっておられる。『怖れるな』とも」

熊彦の声がした。

忍は、大きく息を吸いこんだ。

八咫烏の励ましは、弱った心に強く響く。

気を強く持つと、ふいに背中に視線を感じた。

振り向かなくても、香司の視線だとわかる。

祈るように見つめる眼差しと、そこにこめられた想いの深さ。

それにささえられて、忍はここまでやってきた。

これから先の数歩は、しかし、忍自身の力だけで進まねばならない。

「わかりました。……なんとかやってみます」

よろめく足を踏みしめて、ゆっくりと滝に近づいていくと、やがて岩場に二つの小さな穴があいているのが見えてきた。

(ここか……)

すべての苦労は、今、ここで報《むく》われる。

忍は震える指で、神宝を二つの穴にそっとおさめた。

(どうか……オレの呪いを解いてください)

心のなかで祈ると、それに応《こた》えるように水晶の玉がパーッと白く輝きだした。

それにつれて、忍の身体のまわりに金色の光がチラチラしはじめた。

(え？　なんだ……？　オレ、光ってる？)

目の前にかざした手のまわりに、金色の光の粒のようなものが漂っている。

足にも肩にも、同じような光の粒がまとわりついていた。

少し離れたところでは、香司が小さく息を呑《の》み、忍の姿に目を凝らしていた。

「始まったか……」

横山も、無言で忍を見守っている。

キラキラした金色の光の粒は忍の足もとから湧《わ》きだし、しだいに数を増しながら薄明るい空に立ち上ってゆく。

光のなかで忍の姿がぼやけ、変化しはじめた。

どこまでも華奢《きやしや》で優しげだった腕や肩のラインが、少年のものに変わる。

睫毛《まつげ》の長さは変わらないが、瞳《ひとみ》の印象が少し変化する。

しかし、金色の光の粒がチラチラするせいで、その全体像ははっきりとはわからない。

「忍……」

香司が、わずかに身を乗り出した。

その時だった。

忍の傍らの岩場が虹色《にじいろ》に光ったかと思うと、そこに黒い着物と袴《はかま》に身を包んだ壮年の紳士が現れた。

鏡野継彦《かがみのつぐひこ》である。

「忍！　逃げろ！　危ない！」

香司が叫ぶ。

金色の霞《かすみ》のなかで、忍は目を見開いた。

ぐいとのびてきた継彦の指が、忍の白い着物の腕をつかむ。

そのとたん、金色の不思議な光は嘘《うそ》のように消えた。

変化しかけていた忍の身体がふっと揺らぎ、もとの姿になる。

(あ……!)

忍は、自分のなかから消えかけた呪いが戻ってくるのを感じた。

「やめろ! 放せ!」

忍は、悲鳴のような声をあげた。

こんなはずではなかったのにと、それだけが頭のなかでグルグル回る。

(どうして……どうして、こんなことに……!?)

「バカめが。呪いなど、解かせてやるものか」

嘲《あざけ》るような声が、滝の水音を圧して響きわたる。

継彦は悪意に満ちた瞳で、じっと忍を見据えている。

(こいつ……!)

忍は、生まれて初めて心の底から、誰かを憎いと思った。

継彦が勝ち誇ったように笑う。

「そうだ。その目だ。私を憎むがいい、松浦忍! 〈大蛇切り《おろちぎ》〉で切られた恨み、思い知ったか!」

継彦が、神宝に視線をむけた。

そのとたん、強い妖気《ようき》が渦巻いた。

パンッ！　パンッ！

妖気に耐えかねたのか、岩の穴にはめこまれていた水晶の玉が二つとも砕け、飛び散った。

「あ……！　神宝！」

真っ黒な絶望に襲われ、忍は呆然《ぼうぜん》と砕けた水晶の玉を凝視していた。

「呪いは解けぬ。残念だったな！」

七つ滝に、大蛇の哄笑《こうしょう》が響きわたる。

「大蛇が、この七つ滝に許可なく侵入してくるとは！　おのれ！」

熊彦が怒りと驚きの声をあげた。

八咫烏もカアカア鳴きながら、継彦にむかっていく。

だが、それより早く継彦は忍の身体をぐいと引きよせ、片手で印《いん》を結んだ。

「アビラウンケン！」

次の瞬間、忍と継彦の足もとに虹色の光の輪が広がった。

「忍！　忍ーっ！」

香司が橋を渡ろうとして、横山に必死に止められている。

「いけません、香司さま！　危険です！」

「放せ、横山！　うわあああああーっ！」

滅多に激高したことなどない香司が今は我を忘れ、必死に恋人に駆けよろうとしている。

忍も、懸命に香司のほうに手をのばした。

「香司ーっ！」

しかし、虹色の光は忍を呑みこみ、遠い場所に運び去ろうとしていた。

（嫌だ……こんな……！）

ゴウッ！

激しい風が巻きおこり、忍の意識はそこで途切れた。

＊　＊

壊れた橋の上にとり残された香司は唇を噛みしめ、その場に膝《ひざ》をついた。

「忍……！」

もう、継彦の姿はない。忍も連れ去られてしまった。

八咫烏が腹立たしげに鳴いている。

「ミサキさまはお怒りだ。我らも、まさか、この神聖な七つ滝を汚《けが》す妖《あやかし》がいるとは思わなかった。あの大蛇どもは、許されぬことをした」

熊彦が、怒りで真っ赤な顔をして言った。

「試練は……失敗か？　忍はどうなる？」

香司は、熊彦にむきなおった。

「これは、不可抗力だ。山の獣にはならぬ。だが、神宝を失った以上、呪いも解けぬ」

熊彦が苦虫を嚙みつぶしたような表情で、答えた。

「忍の行方はわからないのか？」

「大蛇めは七つ滝を出てすぐ、地に潜んで気配を消した。そこから先はわからぬ。我々も捜そう。熊野《くまの》の妖の誇りにかけて」

熊彦が低く答える。

「そうしてもらうと助かる。……横山」

香司の視線を受け、横山が呪符《じゅふ》をとりだした。

香司も、懐《ふところ》から白い和紙の包みをすっと出す。

包みのなかには、印香《いんこう》と呼ばれる香が入っている。

「稲荷香《いなりこう》、急々如律令《きゅうきゅうにょりつりょう》！」

投げあげた印香は空中で黄色い炎を噴きだし、香司の頭上で旋回した。

空中で、炎は一匹の黄色い狐《きつね》に変わる。

土性《どしょう》の式神《しきがみ》、稲荷である。

——ここに。

稲荷の落ち着いた思念が響きわたる。

「忍を捜せ。大蛇と一緒だ」

——承知。

それだけ答えると、稲荷は黄色い尻尾《しっぽ》をひとふりし、ふわりと熊野の空に飛びたっていった。

「急々如律令！」

横山もペリカンと黒猫の二体の式神を放つ。

黒猫はタタタッと走りだし、ペリカンの背中に飛び乗った。

二体の式神たちは、そのまま空の彼方《かなた》に消えていく。

杉林の上に広がる寒々とした冬空を見ながら、香司はしばらく黙りこんでいた。

「大丈夫です、香司さま。なんとしてでも、忍さまは見つけだします」

ポツリと横山が言った。

「あの大蛇を見つけたら、引き裂いてやる。よくも……よくもこんな真似《まね》を！　俺は絶対に許さない」

香司は、ぎりりと唇を噛みしめた。

「香司さま……」

初めて見る主《あるじ》の姿に、横山は少し驚いたような目になった。

香司の全身から、すさまじい殺気が放射されている。

「横山、俺を止めるな」

「止めません、香司さま」

横山は、穏やかに微笑んだ。香司の意思は、自分の意思だと言いたげな眼差しだった。

香司は炎のような目で付き人をじっと見、うなずいた。

「よし、行こう、横山」

「は……」

主従はもう七つ滝を振り返らず、深い山のなかに飛びだしていった。

＊　　　＊

冬の陽《ひ》は暮れはじめていた。

石畳を敷いた熊野古道を、バイクと白い車が走っていた。

バイクを運転しているのは、黒いヘルメットをした長身の少年——香司である。

やがて、バイクが止まった。

「稲荷が戻ってこないな」

ヘルメットを外した香司の顔は青ざめ、漆黒の瞳には不安と焦燥の色が浮かんでいる。

白い車が停《と》まり、運転席から横山が降りてきた。

「香司さま、どうなさいますか？」

香司はそれには答えず、厳しい口調で尋ねた。

「おまえの式神はどうしている？」

「気配は先ほどから絶えています。敵の攻撃を受けたか、それともこの山の妖たちの攻撃を受けたか……」

「御剣家の式神を攻撃するか」

「気難しい妖が多いですから。御剣の権威を逆に嫌うことも考えられます」

「こちらの事情を話しても無駄か」

「忍さまも御剣家の関係者と見なされるでしょうから、助力が得られるかどうか……」

「わかった。しかたがない。俺はこのまま捜す。おまえは人里に戻って、家に連絡を入れろ。応援が必要かもしれない」

香司の言葉に、横山は低く答える。

「お言葉ですが、香司さま。いかにあなたが御剣家の直系のお血筋でも、身体は十代の少年です。私は、この状況でお側を離れるつもりはありません」

「おまえは、忍の付き人だろう」

「それは、倫太郎《りんたろう》さまのお決めになったことです」

元付き人の返答に、香司は苦笑した。

「しょうがない奴《やつ》だ」

横山はそれ以上、何も言わない。

香司は額にかかる漆黒の髪をかきあげ、風のむこうを透かし見た。

その目が、ふっと細められる。

「横山、あそこに何かいるぞ」

ヘルメットを放《ほう》って、香司は駆けだす。

横山は香司のヘルメットを受け取り、車のなかにそっと置いて、年若い主の後を追った。

やがて、二人は杉木立のなかで、ぐったりしているペリカンと黒猫を発見した。

「こんなところにいましたか」

ボソリと呟《つぶや》き、横山が「戻れ」と手を差し出す。

式神たちは、横山の手のなかにすうっと吸いこまれて消えた。

「やはり、この山の妖に攻撃されたようです」

横山の言葉に、香司は深いため息をついた。

あたりを見まわし、口を開く。

「聞いているか？　俺は御剣家の者だが、おまえたちに対する敵意はない。大事な人を助けだしたいだけだ。頼むから、邪魔をしないでくれ」

どこかで鳥の鳴き声がして、バサバサと飛び立つ羽音が聞こえてきた。

それきり、あたりはシンと静まりかえる。

その時、木々の梢《こずえ》から八咫烏が舞い降りてきた。

カアカア！　カア！

香司たちの頭上で旋回し、まるで「こちらだ」というように車のほうにむかって飛びはじめる。

香司と横山は顔を見合わせた。

「案内してくれるようですね」

「ああ。行こう」

木の根やゴツゴツした岩を乗り越えるようにして、二人は八咫烏の示す方角に走りだした。

西の空の赤みは薄れ、しだいに夕闇《ゆうやみ》が迫りはじめていた。

＊　　＊

一方、忍は妖たちの担《かつ》ぐ駕籠《かご》に乗せられ、一昼夜かけて熊野の山のなかを運ばれた。継彦たちもまた、熊野の妖たちの妨害を避けるため、水脈を使わず、妖力《ようりょく》をなるべく抑えての移動を余儀なくされたのだ。

駕籠が止まるのを感じて、忍はふっと目を覚ました。

どうやら、運ばれているあいだに眠ってしまったようだ。

縛られた手足が痺《しび》れ、鈍く痛んでいる。

駕籠の窓にかかる簾《すだれ》ごしに、ほの白い光が射《さ》しこんでくる。

(あ……止まってる。下に置かれてるんだ)

轟《とどろ》くような波の音がする。

海の近くにいるらしい。潮の匂いがした。

「ようやく着いたな。無量《むりょう》とやらは……そこか」

継彦のうんざりしたような声が聞こえる。

「は……。お疲れさまでございました。ただちに、松浦忍から生玉《いくたま》を奪い、無量のなかに閉じこめまする」

陰気な戸隠《とがくし》の声がした。

忍は、駕籠のなかで身を強《こわ》ばらせた。

(生玉を奪う？　閉じこめる？　むりょうってなんだ？)

ふいに、気配が近づいてきたかと思うと、駕籠の簾がばさっとめくりあげられた。

そこには、戸隠の真っ白な顔がある。

（…………！）

忍は思わず悲鳴をあげかけて、懸命に自制した。

「目が覚めていましたか。さあ、こちらへ」

ぐいと引きずりだされ、岩の上に転がされて、忍はうめき声をあげた。

縛られた手足が痛み、全身が苦しい。

苦痛のなかで、忍は自分が大きな洞窟のなかにいるのに気がついた。

天井は高く、四階建てのビルくらいなら軽く入ってしまいそうだ。

洞窟の入り口は、すぐ海に面している。

入り口の前の岩場に砕ける波が洞窟の高い天井に反響し、轟くような音を作りだしている。

波のむこうに広がる空は、白々と明けかけている。

洞窟の左右は切り立った崖《がけ》で、野生の獣でも、ここに近づくのは難しいかもしれない。

入り口の左側には、ちぎれた注連縄がだらりとぶらさがっていた。

紙垂《しで》と呼ばれる白い紙が黄色く変色し、海風に揺れている。

洞窟の中央には大きな岩があり、そこに半分くらい埋まった古い銅の円鏡が見えた。

大きさは、マンホールほどもあるだろうか。

鏡には、ぼんやりと老人の顔のようなものが浮かんでいた。

鏡の下に、雲を模《も》した脚のようなものがついている。

これが雲外鏡《うんがいきょう》。名を無量という。

「生玉はどこですか？　おとなしく出せば、命は助けてあげましょう」

暗い声で、戸隠が尋ねてくる。

「そんなもの……持ってるわけねえだろ！」

ドキリとして、忍は言い返した。

（やべえ……。持ってないってわかったら、殺される？）

戸隠がそんな忍を見下ろし、薄く笑う。

「隠しても無駄です。生玉の気配がします。……持っていますね」

「持ってねえよ」

「もう一度言いましょう。生玉を渡せば、命だけは助けてあげましょう。さもなければ、ここで首を引きちぎりますよ」

戸隠の言葉に、忍は身震いした。怖くてたまらない。

それでも、黙って首を横にふる。

戸隠は、やにわに忍の腹を蹴《け》りつけた。

ドスッ！

「くっ……！」

「やめておけ、戸隠」

冷ややかな声で、継彦が止めに入った。

「そやつを痛めつけていいのは、私だけだ」

かすかな気配とともに、継彦が忍の傍らに立つ。

忍と銀髪の大蛇は、互いの目を睨《にら》みあった。

少年の脳裏に、七つ滝での継彦の仕打ちが甦《よみがえ》った。

その一瞬、忍のなかで怒りが恐怖を上回る。

「てめえ……！　よくも、呪いを解く邪魔してくれたな！　よりによって、男の姿に戻りかけた瞬間に妨害しやがって！」

「男の姿になど、戻してやるものか。そなたは生涯、女に見える呪いをかけられたまま、生きていくがいい」

ククククッと継彦が笑った。

（この野郎……！）

「オレの呪いと、おまえは関係ないだろ！　なんで邪魔するんだ!?」

「私に〈大蛇切り〉で傷を負わせたのを忘れたか。我らは、執念深い一族ぞ」

ゆらり……と妖気が立ち上る。

忍は、ギリギリと唇を噛みしめた。

「怖くなんかねえぞ！　いいか。オレが自由になったら、ただじゃおかねえからな！」

「そなたに何ができるというのだ、松浦忍？　御剣家の偽《にせ》婚約者よ。……いや、婚約は解消になったのであったな」

「うるせえ！　黙れ！」

継彦はクッと笑って忍の側に膝をつき、陽に焼けた額に冷たい手を押しつけてきた。

「アビラウンケン！」

（え？）

次の瞬間、忍の目の前で赤い光が弾《はじ》けたようだった。

「うわっ！　うわああああああーっ！」

忍は身をよじり、悲鳴をあげた。

頭が割れそうに痛い。

「さあ、生玉を出すがいい」

「やめ……！　う……ぐっ……！」

ふいに、洞窟のなかが明るくなる。

忍の痛みが、ふっとやわらいだ。

見上げると、いつの間にか頭の上に生玉が浮いていた。

(生玉……)

どこからやってきたのだろう。

もともと、生玉は御剣家の結界のなかに安置されているはずだった。

忍の危機に飛んでくることはあっても、忍の意思で呼ぶことはできない。

(それなのに……なんで……?)

継彦がニヤリと笑って、生玉に手をのばす。

「やめ……っ!」

阻止したかったが、どうすることもできなかった。

生玉は、銀髪の大蛇の手に握られた。

(しまった……!)

忍を見下ろす継彦の瞳に、嘲るような色が浮かぶ。

「素直に出さぬから、こういう目にあう。……さあ、戸隠、やれ」

「は……」

戸隠が縛られたままの忍の腕をつかんで引きずりあげ、雲外鏡のほうに連れていく。

「やめろ! 放せ! 生玉を返せ!」

忍は妖の腕から逃れようとしたが、かえって手足に縄が食いこむだけだった。

「さあ、無量、新しい話し相手ですよ」

戸隠が、雲外鏡の前に忍を放り出した。

「くっ……！」

岩の上に落とされて、忍は苦痛に息を呑み、顔を歪《ゆが》めた。

陰惨な目つきでこちらの反応をうかがっている戸隠や継彦の前では、意地でも弱音は吐きたくなかった。

しかし、このままでは惨《みじ》めに情けを乞《こ》うことになるかもしれない。

その時、忍は鏡のなかから異様な妖気が立ち上るのを感じた。

(何……？　これ、おかしい……。なんか普通じゃねえ)

ふいに、鏡の表面が不気味に赤黒く濁り、渦を巻いた。

(やばい)

手首や足に食いこむ縄の痛みもかまわず、忍は必死に暴れだした。だが、逃げることはできない。

その背後で、ゆらり……とどす黒い妖気が動いた。

振り返ると、鏡のなかからイソギンチャクのような赤い触手が這《は》い出《だ》してくるところだった。

忍の全身が、恐怖に凍りつく。

(ダメだ……。やられる)

ゆらゆらと揺れながら近づいてきた触手が、忍の足首にからみついた。

なま暖かく、濡れた感触。

「うわあああああああーっ!」

(嫌だ! 助けて! 香司!)

触手に引きずられ、ずるずると雲外鏡に近づいていきながら、忍は悲鳴をあげた。

その時だった。

触手の動きがふいに止まる。

「これは……男か?」

鏡のなかから、嗄《しゃが》れた老人の声が聞こえてきた。かなり不機嫌そうな響きがある。

信じられない思いで、忍は雲外鏡を凝視した。

どう考えても、大きな円鏡のなかから声がする。

(しゃべってるのか? 鏡が?)

「よくわかりましたね、無量」

戸隠が答える。

そのとたん、触手が火傷《やけど》したように忍から離れた。

「ぺっぺっ! だまされた! 久しぶりの美少女だと思うたのに」

「無量、贅沢《ぜいたく》は許しませんよ。その少年を呑みなさい」

眉《まゆ》をひそめ、戸隠が言う。

呆然と見つめる忍の前で、雲外鏡は触手を不満げに動かした。

「嫌じゃ！　おまえらは用がある時だけやってきて、あとは何年も放置じゃ。わしはもううんざりじゃ。手土産《てみやげ》に本物の美少女を連れて、出なおしてこい！」

「無量、このまま帰って、二度と会いにこなくてもいいのですよ。そこの洞窟の入り口を落盤でふさいであげましょうか。陽も風も入らなくなって、さぞかし居心地がよいことでしょう」

「くっ……！　貴様！　卑怯《ひきょう》なことを……！　呪われろ、大蛇め！　呪われろ！」

無量と呼ばれた雲外鏡は、腹を立てたように触手をぶんぶん動かした。

「なんなんだ……おまえは」

ようやく、忍は声を出した。

雲外鏡の触手の先が、忍のほうにむく。

「わしか？　わしは無量じゃ。おまえさん、女のふりをするとは卑怯じゃないか。わしはずっと一人ぼっちだったのじゃ。ようやく、可愛《かわい》い娘さんが話し相手になってくれると思ったら、男だったとは！」

「女のふりしたわけじゃねえよ！　呪いがかかってるんだ。女に見える呪い……」

「ふん……。おかしな話もあるものじゃ」

ずるりと触手が蠢《うごめ》いた。

（やべっ）

「来るな！　あっちいけ！」

「我慢するのだな。わしも我慢して、おまえを呑むぞ」

再び触手にからみつかれ、引きずられながら、忍は悲鳴をあげた。

「うわあああああああーっ！　放せーっ！」

「無駄ですね、松浦忍。あなたは、無量の腹のなかに永遠に閉じこめられるのですよ」

楽しげな戸隠の声がした。

（なんだって……!?）

思わず、忍は戸隠の白い顔を見た。

戸隠は薄い唇に、陰惨な笑いを浮かべている。

「無量は、今までに何人もの生け贄《いにえ》の少女たちを呑みこんできました。話し相手という名目でね。少女たちは死んではいませんが、陽も射さず、風も吹かない雲外鏡のなかに閉じこめられて正気を失い、みな生きた屍《しかばね》のようになっています」

「生きた屍……」

忍は、ブルッと身震いした。

戸隠は、いっそう楽しげな口調になる。

「あなたも、その仲間入りをするのです。決して、死ぬことは許されません。あなたが死ねば、生玉も滅びてしまいますからね。継彦さまが闇《やみ》の言霊主《ことだまぬし》になるためには、どうしても、生玉を無傷の状態で手に入れなければなりません。ですから、生かしておくのですよ。ありがたく思いなさい」

「冗談じゃねえ……！　こんな化け物鏡、壊してやる！」

「雲外鏡を壊すことなど、普通の人間にはできません。生玉の継承者であるあなたにも、無理でしょう。あきらめて、おとなしく呑まれるのですね。……さあ、無量。急ぎなさい」

戸隠の言葉に、触手がさらに強く忍の身体に巻きついた。

「やむをえんのう。女だとよかったんじゃが。なんじゃ、この縄は。呑むのに邪魔だと言うに」

ブツブツ言いながら、雲外鏡は触手で忍の縄をちぎり、細い身体を引きよせはじめた。

忍は必死に抵抗しているが、腕や足にからみついた触手をふり解《ほど》くことはできない。

ずるりと足が鏡のなかに入った。

（嘘……！）

忍は、息を呑んだ。

鏡のなかに入った足の感覚がなくなる。

雲外鏡のなかに閉じこめられるというのは、こういうことなのだろうか。

もし、このまま全身の感覚が消え、それでも意識が残っていたら――。

(ダメだ。オレも保《も》たない)

「放せ！　放せーっ！」

「無駄じゃ」

触手が、忍の身体をぐいと強く引く。

腰のあたりまで鏡に呑まれ、忍は悲鳴をあげた。

「嫌だあああああーっ！」

戸隠が陰気な声をあげて、笑っているのが聞こえた。

まるで、誰も助けにこないというように。

(助けて、香司！)

その瞬間だった。

洞窟の外から、静かな声が聞こえた。

「朱雀香《すざくこう》、急々如律令！」

ゴウッと音をたて、赤く燃える炎の鳥が洞窟のなかに飛びこんでくる。

炎の鳥は戸隠の背中に体当たりして跳ね飛ばし、そのまま、忍と雲外鏡にむかってきた。
（朱雀！　助けにきてくれた……！）
大きく見開いた忍の目から、涙が一筋流れた。
戸隠は無様な姿で、床に転がっている。
朱雀は、鋭い爪《つめ》と嘴で雲外鏡の触手を引きちぎった。
「熱い、熱い！　やめろ！」
ふいに、プッと音をたてて、忍の身体は雲外鏡のなかから吐きだされた。
勢いあまって、忍は洞窟の床にひっくりかえった。
「痛い！　よくも、わしの触手を！　なんだ、おまえは！」
雲外鏡が怒りの声をあげる。
カツン……。
かすかな靴音とともに、背の高い姿が洞窟の入り口に現れた。
（香司……！）
忍は綺麗《きれい》な茶色の目を見開き、恋人の姿を見つめた。
徹夜で走りまわったのだろうか。
端正な顔は真っ白で、唇も青みがかっている。
黒いスーツはところどころ破れ、額や手には赤いひっかき傷ができていた。

しかし、そんな姿でいてさえ、香司は美しかった。

いや、青白い怒りのオーラがその美貌《びぼう》をいっそう際《きわ》だたせている。

（来てくれたんだ……）

きっと、香司に自分の居所はわからないだろうと思っていた。

誰にも知られず、ひっそりと雲外鏡に呑まれてしまうのだと、半ばあきらめていた。

それなのに、香司は助けにきてくれた。

どれほど必死に捜してくれたのかは、その鬼気迫る姿を見ればわかる。

「忍を返してもらおうか」

静かな声が、洞窟のなかに響きわたる。

継彦と戸隠が、素早く香司のほうに視線を走らせた。

「来たか、御剣め」

予期していたように、継彦が呟いた。

香司を見据える瞳には、毒々しい怒りと憎悪《ぞうお》の色がある。

「毛蟲《もうちゅう》、金気《ごんき》の妖だ。臭いは腥《せい》、数は九、味は辛《しん》、音は商《しょう》。……雲外鏡か。命がいらないと見える」

香司の酷薄な視線が、雲外鏡から継彦にむけられた。

「そして、そこにいる水気《すいき》の妖。臭いは朽《きゅう》、数は六、味は鹹《かん》、音は羽《う》。かつては鏡野家の一員だったが、今は一門を追われ、さすらう大蛇。今日こそ、おまえを殺す」

忍は、香司の全身から噴き上がる嵐《あらし》のような霊気を視《み》た。

それは、すでに人のものとは思えなかった。

まるで、荒ぶる神が香司の身体を借り、大蛇たちと対峙《たいじ》しているようだ。

（香司、いつもと違う……）

いつ爆発してもおかしくないような憤怒《ふんぬ》の気が、香司のなかでしだいに圧力を高めていく。

それでいながら、この黒髪の少年は心のどこかに怖ろしいほど冷静な部分を残している。

今の香司は忍を護《まも》るためならば、どんな残虐なことでも平気でするだろう。

「青龍《せいりゅう》、朱雀、稲荷、白虎《びゃっこ》、玄武《げんぶ》」

ゆっくりと唱えるたびに、香司の左右で色の違う炎があがり、芳《かぐわ》しい香りとともに五行《ごぎょう》に対応する五体の式神たちが出現していく。

青い龍、赤い炎の鳥、黄色い狐、白い虎《とら》、黒雲に覆われ、姿の見えない玄武。

洞窟のなかに、強い霊気が渦巻きはじめた。

戸隠が「まずい」と言いたげな顔になった。

彼には香司の怒りが限界まで達し、あとは無慈悲に相手を破壊しつくすだけなのがわかったのだ。

「おのれ、邪魔をするか、人間め！」

ふいに、雲外鏡が怒りの声をあげた。

雲外鏡の表面が虹色に渦巻き、そのなかから人面の蛇が飛び出してきた。

胴体は青黒い鱗《うろこ》に覆われ、頭部は人間の女に似ている。ざんばらの長い黒髪は、びっしょりと水に濡れていた。

「ほう……異界に道を開き、眷属《けんぞく》を呼びだしたか」

継彦が興味深そうに呟く。

人面の蛇は、香司に襲いかかっていく。

香司が式神たちにむかって「やれ」とひとこと命じた。

土性の稲荷と金性《ごんしょう》の白虎が、人面の蛇を中心にして十文字に宙を切り裂く。

カッ……！

一瞬、あたりが白く光り、岩場にボタッと人面の蛇だったものの破片が落ちた。

しかし、その破片も砂のように崩れて消《き》え失《う》せた。

（一瞬で倒した……。すげえ）

ここまで容赦のない香司は、初めて見る。

そして、少し遅れて、忍は香司が自分のために怒ってくれているのだと気づいた。

七つ滝で呪いを解くのに失敗し、鏡野継彦たちにさらわれた自分のために。

これは香司にとって御剣家の者としての公の戦いではなく、恋人を守るための私闘だった。

(香司……)

こんな時だというのに、忍の胸が熱くなる。

怒りも、激しい霊気も、すべて、この世でたった一人、自分だけのためにある。

それを非道と言うなら、言えばいい。

この一瞬、香司の心は忍のことだけで占められていた。

「なんじゃ……おまえさん！　なんじゃ！　よくも、わしの僕《しもべ》を！」

初めて、雲外鏡が怯《おび》えの色を見せた。

忍の目に美しく見える香司の姿は、敵である雲外鏡にはどれほど怖ろしく映っているのだろう。

雲外鏡の表面が、不気味に光りはじめる。

光のなかから、無数の触手が這い出してきた。

黒髪の少年は唇の端で冷ややかに笑い、優美な仕草でスーツの懐から小刀をとりだした。香木を削る香道具の一つだ。

香司は小刀を右手に持ち、左手ですっと軽く撫《な》でた。

そのとたん、パッと赤い煙が立ち昇り、芳《かぐわ》しい香の匂いがあたりに立ちこめた。

「伽羅《きゃら》、羅国《らこく》、真那蛮《まなばん》、真那賀《まなか》、佐曾羅《さそら》、寸門多羅《すもんたら》、急々如律令！」

謎《なぞ》めいた言葉を唱えるにつれて、小刀がぼーっと光りはじめた。

淡い光のなかを、朱雀の小さな影が横切る。

次の瞬間、小刀は長くのび、銀色の剣に変わった。

これが、夜の世界の三種《さんしゅ》の神器《じんぎ》の一つ、八握剣《やつかのつるぎ》。名を〈青海波《せいかいは》〉という。

「〈青海波〉に火気《かき》の属性をつけた。金気のおまえは、火気の剣に剋《こく》される」

香司は冷ややかに宣言し、流れるような動作で触手に斬《き》りつけた。

ザシュッ！

剣の一振りごとに、切り裂かれた触手が宙に舞う。

雲外鏡は苦痛の悲鳴をあげ、さらに人面の蛇や僧形《そうぎょう》の妖を吐きだした。

しかし、香司の式神たちが一瞬で妖たちの胴体を噛み裂く。

少し離れたところで、継彦が苛立《いらだ》ったように舌打ちしていた。

「何をしている？　雲外鏡が弱すぎるではないか」

今にも、自分が横から手を出しそうな様子だ。

それを見てとったのか、戸隠が主の前にすっとまわりこむ。

「お待ちください、継彦さま。今の御剣香司は、危険でございます。どう見ても、普通の状態ではございません。おそらく、七つ滝での妨害を根に持ったのでしょう。正面きってぶつかっても、勝ち目はないかと」

「ふん。では、松浦忍を人質にとるか」

継彦が、薄く笑う。

だが、大蛇たちが忍にむきなおった時、黄色い風が吹きぬけた。

風は、稲荷だった。

――大蛇の好きにはさせぬ。

黄色い狐が岩場に着地し、鋭い牙《きば》をむきだして、全身の毛を逆立てる。

継彦の瞳に、怒りの色が浮かんだ。

「この……式神ごときが！」

「継彦さま、この式神は私が。継彦さまは、松浦忍をお願いいたします」

戸隠が慌てたように主を制し、稲荷にむかっていく。

同時に、雲外鏡がカッと鏡の表を赤く光らせた。

その赤い光にどんな力があったのか、香司の式神たちが動きを止める。

それを横目に見て、継彦は忍に近よってきた。

（来る……！　本当に、こんな時、武器があれば……）

忍は、拳《こぶし》を握りしめた。

「まったく、生玉のことさえなければ、ずたずたにしてやれたものを」

冷酷な瞳で忍を見下ろし、継彦はゆっくりと手をのばしてきた。

「忍！」

香司が振り返り、警告の声をあげた。

その声を耳にしたとたん、忍はとっさに動いた。

「触るな！」

バシッ！

力いっぱい腕をふりはらうと、継彦は一瞬、呆気《あっけ》にとられたような顔になった。

この状態で、まだ忍が抵抗するとは思わなかったのだろう。

「人間が、生意気な」

再び、大蛇の手がのびてくる。

その時だった。

「叔父上《おじうえ》、そのまま両手をあげて、壁のほうまで移動してください」

やわらかな声が、そっと言った。

(この声……！)

忍と継彦は、同時に声のほうを見た。

そこにはいつの間にか、綾人《あやと》が立っていた。青ざめた顔で、手に弓を構えている。

「弓矢ごときで、この私が倒せると思うのか」

継彦が、嘲笑《あざわら》うような声で言う。

「ただの矢ではありませんよ。鏃《やじり》に〈大蛇切り〉の破片を使っています」

綾人は、ニッコリと笑った。

忍はギョッとして、矢の先をまじまじと見た。ただの鏃に見えるのだが……。

（やばいだろ、それ……！　大丈夫か⁉）

もし、本当に〈大蛇切り〉ならば、鏃は水性の妖、特に大蛇を剋す力を秘めている。

その影響力は、もちろん、綾人自身もまぬかれるわけにはいかない。

刻一刻と〈大蛇切り〉の破片に力を削りとられながら、綾人はじっと叔父を見つめている。

継彦の頬から、すっと血の気《け》が引いた。

戸隠もまた、稲荷と睨みあったまま、じりじりと後ずさりはじめる。

〈大蛇切り〉は破片になってもなお、水気の妖たちにダメージをあたえつづけているらしい。

「このバカが……。そこまでして、人間をかばうか」

ゆっくりと後ろに下がりながら、継彦が今までと違った口調で言った。

「遺憾《いかん》ながら。運命の人だと思っています、叔父上」

笑みを浮かべたまま、そっと綾人が言う。

まるで、戦いの場ではなく、パーティーの席上での会話のようだ。

ほの白い夜明けの光が、その彫刻のように端正な横顔を照らしだしている。

継彦は、新たな痛みを感じたように自分の胸のあたりを押さえた。

忍が〈大蛇切り〉を投げつけた時、その恐るべき刃《やいば》を受けた場所である。

「笑止。人間など、利用して捨てるだけのもの。愛を注ぎ、尽くすなど、正気の沙汰《さた》とは思えん。おまえは、自分が大蛇だということを忘れたのか？　一族の当主として、誰よりも呪われた暗い道を歩くものよ」

「『暗きより暗き道にぞ入りぬべき　はるかに照らせ山の端《は》の月』。……ぼくにとって、忍さんは闇を照らす月ですよ。むろん、忍さんを月に見立てて、都合よく救われようとは思っていませんが」

「人と妖が一緒になって、幸せになれると思うのか！　おまえの父親がもし生きていれば、決して許しはしなかったろう」

「たしかに。父ならば、許さなかったかもしれません」

妖艶《ようえん》とさえ言える瞳で、綾人はじっと銀髪の大蛇を見つめた。

「しかし、時代は移ります。ぼくたちがいるのが、もはや鎖国の世ではないことはおわかりですね、叔父上？　二度の大きな戦《いくさ》があって、この国は変わりました。人の暮らしも変わりました。妖だけは変わらずにいられるとお思いですか？」

「妖のくせに、進歩人気取り《しんぽじんきど》で時代を語るか。この人間かぶれが！　一族がおまえを見限る姿が目に見えるようだ」

「そうなったほうがうれしいのではないのですか、叔父上」

綾人は、かすかに微笑んだ。

「大蛇一族の沽券《こけん》にかかわる問題だ。おまえがどうなろうと知ったことではないが、鏡野家の当主が人間ごときに腑抜《ふぬ》けにされるのは見ていられん！　やはり、松浦忍はこの世に置いておいてはいけない存在だとわかった」

「勝手に決めるな！」

忍は、ようやく立ちあがった。

次の瞬間、赤い光の呪縛《じゅばく》が破れた。

香司の式神たちが、いっせいに動きだす。

青龍が鱗を煌《きら》めかせ、白虎が吠《ほ》えた。朱雀と稲荷もまっすぐ、継彦にむかってくる。

「ええい！　来るな！　アビラウンケン！」

継彦が印を結ぶ。

ドドドドドドドドドーンッ！

忍と綾人の目の前に噴水のような水の柱が立った。

「うわっ！」

忍は、とっさに顔をかばった。

青龍がすぐ側に来て、水がかからないように盾になってくれる。

綾人が、キッと水の柱を睨《にら》みつけた。

その眼差《まなざ》しに怯《ひる》んだように、水の柱は消滅した。

継彦と戸隠は安全な場所に移動し、身構えている。

その時だった。

雲外鏡の悲鳴が響きわたった。

「来るな！　来るなっ！　うわあああああーっ！」

忍は、素早く振り返った。

半ば岩に埋まった雲外鏡と、その前に静かに立つ黒いスーツの背中。

香司の姿が、これほど大きく見えたことがあったろうか。

荒々しい怒りは影をひそめ、変わって静かな威厳と無限に近い力が香司の上に降りてきている。

雲外鏡は怯えたように、切り裂かれた触手の一部を弱々しく動かしている。

香司の手のなかの銀色の剣が、すっとあがる。

あたりの空気が、痛いほどに張りつめた。

東の空が、しだいに明るくなってくる。

「五行《い》に還《かえ》れ」

凍てつくような香司の声とともに、〈青海波〉が雲外鏡を切り裂いた。

ザシュッ！

「ぎゃあああああああーっ！」

すさまじい悲鳴とともに、雲外鏡の表面が灰色に曇った。

（やったか……）

忍は、小さく息を吐いた。

今さらのように、小刻みに両手が震えだす。

香司は哀れみとも嘆きともつかない暗い瞳で、じっと雲外鏡を見下ろしている。

その横顔は、凄絶《せいぜつ》なまでに美しい。

短い沈黙の後、継彦の冷ややかな声がした。

「雲外鏡がやられたか」

「生玉を手に入れただけで充分とお考えください」

「たしかにな」

継彦と戸隠が顔を見合わせ、同時に姿を消す。

（あ……！　オレの生玉！）

忍は、呆然としてその場に立ちつくしていた。

青龍が、近よろうとする綾人をシャーッと威嚇する。

綾人はため息をつき、肩をすくめた。

「ガードが堅いね」

今、この場で強引に青龍と対決する気はなさそうだ。

「やれやれ」と言いたげな目をした綾人は、少し緩慢《かんまん》な動作で〈大蛇切り〉の鏃のついた矢を絹の布で包み、呪符を貼った。

それで、〈大蛇切り〉は封じられたようだ。

（香司……）

忍は、恋人に視線をむけた。

香司は〈青海波〉を手にしたまま、ただ雲外鏡だけを見つめている。

ふいに、切り裂かれた雲外鏡のなかから淡い光が立ち上りはじめた。

光に照らされた香司の顔は美しかったが、なおも警戒心を解いていないのがわかる。

「香司……」

忍は青龍の背に手を置いたまま、ゆっくりと香司のほうに近づいていった。

式神も、忍の傍らを音もなく歩きつづける。

ようやく、香司が忍のほうをチラと見た。

「無事か？」

「うん……。生玉とられちまったけど……」

「おまえが無事なら、それでいい」

低く呟き、香司は再び雲外鏡に視線を落とした。

「殺した……の？」

小声で、忍は尋ねた。

「まだ息はある。だが、時間の問題だろう」

香司は、冷徹な口調で言った。

その時、雲外鏡が弱々しい声をたてた。

「ありがとう……ございます……」

冷ややかな眼差しで、香司が答える。

「礼を言われる筋合いはない。おまえは、忍を呑もうとした。その罪は、万死に値する」

香司のまわりに漂っていた鬼神のような気配は四散し、薄れていこうとしている。

しかし、今なお、妖《あや》しいまでの美貌はそこにとどまっていた。

雲外鏡は、香司の眼差しに震えたようだった。

「わかっております……。わしは正気を失っておったのです。じゃが、御剣さまが自由にしてくださった……。ようやく、わしは解放される……」

雲外鏡の口調には、今までになかった正気の響きがあった。

「長いこと閉じこめられていたせいで、雲外鏡も少しおかしくなっていたようだね」

静かな声で、綾人が言う。

香司は、その言葉には応えなかった。

ただ、厳しい瞳で雲外鏡を見下ろしている。

「正気を失っていたからといって、おまえの罪が消えるわけではない」

「香司……。こいつは悪いと思ってるんだろう。だから、もう少し……」

優しくしてやれと言いかけて、忍は言葉を呑みこんだ。

香司の漆黒の瞳に、怒りの色が走ったからだ。

「おまえも怒れ。七つ滝で邪魔をされ、生玉も奪われ、おまえもこいつのなかに閉じこめられかけた」

「でも、悪いのは鏡野継彦だ。道具に使われた奴じゃない」

香司は忍の言葉にため息をつき、〈青海波〉を軽くふった。

八握剣は、香司の手のなかでもとの小刀に戻る。

「さすがに、玉川《たまがわ》の血筋は妖に優しいな。……いや、すまん。皮肉を言うつもりじゃなかった」

香司は、目を伏せた。

切なげな気配が、白い横顔に漂う。

そんな優しい忍だからこそ、好きになったのだと思いかえしたらしい。

忍は、そっと香司の腕をつかんだ。

ふりほどかれるかと思ったが、香司は黙って忍のしたいようにさせていた。

「許してほしいなどと……思っておりませぬ。わしは悪事を働いた……。気の毒な娘さんたちを閉じこめ、苦しめた……」

立ち上る淡い光のなかから、すうっと蛍火のようなものがぬけだし、洞窟の天井に昇っていった。

蛍火のようなものは次から次へと現れ、消えていく。

「なんだろう……。綺麗だけど、悲しい光だ……」

「女の子たちの魂だな。……抱えこんでいたものを解放したか」

香司の言葉に、忍は息を呑《の》んだ。

「え……？　女の子たち、雲外鏡のなかで生きてたんじゃねえのか⁉　呑まれてただけなんだろ？　なんとか助けられないのか？」

「かわいそうだが、助からない。外に出したとたん、崩れて死んでしまうだろう。彼女たちの多くは、寿命より長く雲外鏡のなかにいた。あのなかでしか生きられないものになってしまっているんだ」

少し、つらそうな目で香司が呟《つぶや》く。

「でも……！」

「わしにできるのは……こんなことくらいです……」

雲外鏡の表面に、ビシッとヒビが走った。

妖の鏡は、今にも砕けてしまいそうになっている。

「香司、なんとかしてやれないのか？　生玉とられちまったし……これじゃ、治してやれない」

懇願するように、忍は恋人の腕をつかむ指に力をこめた。

香司は、難しい顔になった。「おまえのほうが被害者なのに、どうして、そこまで」と思っているらしい。

「頼むよ、香司。どうにかしてやってくれ」

「無理だ。……妖を治療する術《すべ》など知らない」

「そんな……！」

忍は、息を呑んだ。

「優しい子じゃ……」

雲外鏡は、笑ったように見えた。

「わしが間違っておった」

思ったらしい。

「美少年も悪くないのう……」

ふてぶてしい言葉を発して、雲外鏡は一瞬、鏡の表をチカリと光らせた。

香司が無表情になって〈青海波〉の小刀に視線をむける。もう一度、切ってやろうかと思ったらしい。

しかし、それより早く、雲外鏡が言う。

「おぬしは……呪われていると言ったな……」

「はい」

「役に立つかどうかわからんが……諏訪《すわ》の風鬼《かざおに》を訪ねるがよい……」

「え？　すわのかざおに？　なんだ、それは……？」

忍が尋ねかえした時、雲外鏡は金色の光に包まれた。

光のなかで、鏡の表面に無数の亀裂《きれつ》が走っていく。

「雲外鏡のじーちゃん！」

「ああ……よい心地じゃ……。そなたのような……美……に……看取《みと》られて逝《い》くのは……本望じゃ……」

「雲外鏡のじーちゃん……」

最後にそれだけ呟いて、鏡は砕け散った。

しばらく破片から金色の光が立ち上っていたが、それもしだいに薄れ、消えていく。

「ようやく、自由になれたようだね、無量は」

ポツリと綾人が言った。

その頬の色は、真っ青だ。

横山がすっと近づき、綾人から絹の布で包まれた矢を受け取り、洞窟を出ていく。

「雲外鏡のじーちゃん……助けられなかった……」

忍はゴシゴシと目をこすった。

香司が、黙って忍の白い着物の肩を抱く。

轟くような波音が、洞窟の高い天井に響きわたった。

水平線のむこうから、太陽が昇りはじめる。

黄金色《こがねいろ》の光が忍と香司、そして少し離れて立つ綾人の姿を眩《まばゆ》く照らしだした。

＊　　＊

生玉を奪い、逃げ去った鏡野継彦と戸隠の行方はわからなかった。

松浦忍と御剣香司が熊野に行っているあいだ、東京では藤堂《とうどう》雪紀《ゆき》の新作映画の記者会見が行われた。

主演は雪紀だ。

ゲストとして、伽羅《きやら》が友情出演すると発表された。

これが事実上の銀幕デビューである。

マスコミの反応は、おおむね好意的だった。

今回の伽羅と雪紀のスキャンダルは、映画のプロモーションだったということで落ち着いた。

「謎の美少女モデル」六花《りっか》との熱愛騒動も、ひとまず幕を閉じた。

伽羅と噂《うわさ》になっていたアイドルも、幼なじみのエリート宣伝マンと電撃結婚した。

雲外鏡の言い残した「諏訪の風鬼」についての情報をもとめて、忍と香司は浮島《うきしま》の森の大蛇、月彦《つきひこ》に会いに行った。

——諏訪の風鬼について、何か知っていませんか？

相変わらず、月彦は忍たちには姿を見せようとしなかった。

——たしか、すべての因縁を切り裂き、呪いを解く刃物を持っていると聞きましたが。風鬼ならば、諏訪湖の畔《ほとり》にいるはずです。

——ありがとうございました。風鬼って、妖ですよね？　どんな妖ですか？

——三人兄弟で、今は人の世界に立ち交じって暮らしていると聞きます。私が知っているのは、そのくらいですが。

月彦は、それ以上のことはわからないと言った。

鏡野綾人は、〈大蛇切り〉の破片のダメージを心配する忍に「大丈夫だよ、姫君」と笑顔で答え、円山忠直《まるやまただなお》を連れて東京に戻っていった。

東京の本邸で、しばらく身体を休めるつもりだろう。

熊野での事件で生玉が奪われたことを報告すると、御剣倫太郎はしばらく難しい顔をしていた。

そして、横山にむかって、あらためて忍の側を離れず護るように命じた。

玉川慎之介《しんのすけ》は娘の松浦春佳《はるか》に生玉について尋ねてみたが、春佳は首をかしげるだけだった。

どうやら、人麻呂村がダム湖に沈む前後の記憶はすっぽりぬけ落ちているらしい。

そして、半壊した昇竜軒は年内に営業再開の予定である。

＊　＊

ガラス窓の外で、露天風呂《ろてんぶろ》に音もなく雪片が降ってくる。

木々の枝が、綿帽子をかぶったようになっていた。

海沿いの洞窟での戦いから一夜あけた、十二月二十五日の朝だった。

記録的な大寒波がきているとかで、日本全国のあちこちでホワイトクリスマスになっている。

降りしきる雪のむこうに、海は灰色に沈んでいた。

ケーキもシャンパンもないけれど、静かな空気が流れていく。

「今日の午後の便で、東京に帰る。その後、年内に諏訪に行こう」

浴衣《ゆかた》で胡座《あぐら》をかいた香司が、そっと言った。

忍と香司は、まだ熊野の羽衣亭《はごろもてい》にいた。

露天風呂ではなく、内風呂の温泉に入った後だ。

浴衣姿の忍は低い窓枠にもたれ、ぼんやりと海に降る雪をながめていた。投げだされた足の指が、ほんのりとピンク色に染まっている。

香司は浴衣の裾《すそ》からのぞく忍の膝をじっと見、まだ飲んでいない緑茶の缶を手で弄《もてあそ》んでいる。

湯上がりに冷蔵庫から出したのだが、飲もうか飲むまいか迷っているようだ。

「諏訪って……どこだっけ?」

「信州《しんしゅう》……つまり、長野だな」

「長野かあ。行けるかな。年末って、いろいろ予定なかったっけ?」

御剣家の年末は内弟子や世話になった人々を集めて、賑《にぎ》やかな忘年会が開かれるはずだ。

「俺は呼ばれていないからな」

無表情になって、香司が言う。

「あ……ごめん」

(勘当されてたんだよな)

忍は、目を伏せた。一瞬とはいえ、忘れていたことで、香司にすまない気がする。

香司が、ふっと笑う。

「気にするな。……まあ、おまえも忙しいだろうから、年を越してもかまわんが。冬休み中には片をつけたいだろう?」

「うん……。できればね」

言葉が途切れる。

忍はふと身を起こし、自分の荷物のところに行った。

ボストンバッグのなかを探ると、香司へのプレゼントの包みに指が届く。

(これ……今、渡しちまおう)

しかし、その前に訊《き》いておきたいことがあった。

「香司……あのさ……七つ滝のところで、オレ、ちょっとだけ呪いが解けかけただろ」

「ああ」

「男の格好のオレ……どんなふうに見えた?」

ドキドキする胸を抑え、忍は低く尋ねた。

なにしろ、自分ではよく見えなかったのだ。

あれ以来、香司がその話題に触れないのは忘れていたのか、それともあえて避けているのか、忍にはよくわからない。

(よっぽど、ゴツくて不細工だったとか？　……いや、そうじゃなくても香司の好みじゃなかったとか？)

考えはじめると、ひどく不安になってくる。

後ろで、プシュッと音がして、プルタブを開ける気配があった。

「見えなかったぞ」

あっさりと香司が言う。

「え？」

忍は、浴衣の肩ごしに振り返った。

香司は、真面目《まじめ》な顔をしている。嘘をついているようには見えなかった。

「でも……見えなかったのか？　ホントに？　せっかく、一瞬だけど、男に見えるようになったのに」

「俺のところからは金色に光っていたのはわかったが、細かいところまでは見えなかった。残念だな。見てみたかった」

ため息のような声で、香司が呟く。本当に残念そうな表情だ。

「そっか……。オレ、てっきり、香司が見てると思ったから……」

「焦《あせ》らなくても大丈夫だ、忍。きっと、ちゃんと呪いが解ける日がくる」

忍を見つめる香司の瞳は、優しい。

「うん……」

香司の言葉の温かさが、心に沁《し》みた。

生玉は奪われ、あともう少しのところで呪いも解けなかった。

しかし、まだ未来に希望が残されている。

「呪いとか因縁を断ち切る刃物って、なんだろうな」

「普通は日本刀だが……」

「日本刀を持った妖かよ。なんか怖いな」

「鉈《なた》かもしれないな」

楽しげな目つきになって、香司が言う。

「やめろよ。それ、ホラーだろ。呪われた家があって、そこに妖が住んでてさ」

「そして、赤いちゃんちゃんこと、青いちゃんちゃんこと、白いちゃんちゃんこのどれがいいか訊いてくるんだな。赤と答えると鉈で刻まれて血まみれになり、青と答えると失血死で、白と答えると……」

ニヤリとして、香司が言いかける。心の底から、忍をいじめるのを楽しんでいるのだ。

「やめろ！　そうゆう話は」

怖がりの忍は、すでに本気で怯えている。

「怖いのか？」

クスクス笑いながら、香司が後ろににじりよってくる。

「怖くなんかねえよ」

「本当に？」

ふいに、首筋に冷たいものを落としこまれて、忍は悲鳴をあげた。

香司が笑いながら、逃げていく。

「なんだよ、今の何っ⁉　何したんだよ、バカ！」

「雪の塊を入れた」

「信じられねえ！」

首をねじって睨みつけると、香司は少し不安げな目になった。やりすぎたかと心配になったらしい。

「怒ったか？」

「怒ってねえよ」

忍は自分のボストンバッグから四角いプレゼントの包みをとりだし、香司の鼻先に突きだした。

「ん？　なんだ？」

少し不思議そうに、香司が忍を見る。

「受け取れよ。遅くなっちまったけど、誕生日プレゼント」

香司の目が、驚きに見開かれる。

あの騒ぎのなかで、忍が自分へのプレゼントを用意してくれていたことに感動しているようだった。

「忍……」

「おまえ、いっぱい似たようなの持ってると思うけどさ……。がんばって選んだから」

最後まで、えらそうに言おうとしたのに、後半は自分でもわかるほど声が甘くなっている。

（バカバカ、オレのバカ）

照れまくりながら、忍は香司の浴衣の膝にプレゼントを置いた。

香司が微笑んで、忍の額にコツンと額を押しつけてくる。

「ありがとう、忍」

まぢかにある香司の唇を意識して、忍はうっすらと赤くなった。

胸がドキドキしはじめる。

「開けていいか？」

尋ねてくる声は、腰が砕けそうな美声だ。

忍はいっそう速くなる胸の鼓動を感じながら、小さな声でささやいた。

「うん。どうぞ」

香司はいそいそとプレゼントの箱を抱えこみ、リボンを外し、包み紙をはがしはじめた。

期待に満ちた表情だ。

こういう時だけは、大人びて見える香司も十代の少年の顔になる。

ガサガサいう紙の音を聞きながら、忍はじっと香司の顔を見つめていた。

（こういうのを……幸せっていうのかな）

箱の蓋《ふた》を開いた香司の漆黒の目が、今度は喜びに見開かれた。

忍は、会心《かいしん》の笑みを浮かべた。

黙って見つめあうと、海鳴りが聞こえてくる。

雪のクリスマスは、今この瞬間、恋人たちのためだけにあるように思われた。

『少年花嫁《ブライド》』における用語の説明

妖《あやかし》……強い妖力《ようりょく》を持つ、人間以外の生き物の総称。多くの妖は、人間界と一部重なりあうようにして存在する妖の世界で暮らしており、人間界には姿を見せない。だが、なかには人間界で人間のふりをして暮らす妖もいる。妖たちの性質は、木《もく》、火《か》、土《ど》、金《ごん》、水《すい》の五行《ごぎょう》に対応している。

木性《もくしょう》の妖……鱗蟲《りんちゅう》と呼ばれる。臭《にお》いは羶《せん》、数は八、味は酸、音は角《かく》。金性に弱い。

火性《かしょう》の妖……羽蟲《うちゅう》と呼ばれる。臭いは焦《しょう》、数は七、味は苦、音は徴《ちょう》。水性に弱い。

土性《どしょう》の妖……裸蟲《らちゅう》と呼ばれる。臭いは香《こう》、数は五、味は甘、音は宮《きゅう》。木性に弱い。

金性《ごんしょう》の妖……毛蟲《もうちゅう》と呼ばれる。臭いは腥《せい》、数は九、味は辛《しん》、音は商《しょう》。火性に弱い。

水性《すいしょう》の妖……介蟲《かいちゅう》と呼ばれる。臭いは朽《きゅう》、数は六、味は鹹《かん》、音は羽《う》。土性に弱い。

生玉《いくたま》……万物を生かし、健やかに保つ力のある勾玉《まがたま》。魂《たましい》を象徴するとも言われ、人間界の祭祀《さいし》の家、玉川家《たまがわけ》に永く伝わっていたが、現在は御剣《みつるぎ》家が保管している。

印香《いんこう》……五行に対応した香の粉末に熱湯を加え、粘土状に練りあげたものを型抜きして作る。線香と素材は同じだが、線香よりも壊れにくいため、携帯用に使われる。普段は和紙に包んであり、使う時には発火させなければならない。御剣香司《こうじ》が使うと、式神《しきがみ》である五神獣（青龍《せいりゅう》、朱雀《すざく》、白虎《びゃっこ》、玄武《げんぶ》、稲荷《いなり》）を出現させることができる。

大蛇《おろち》切《ぎ》り……水性の妖、とくに大蛇を剋《こく》する力を秘めた小刀。

鏡野《かがみの》家……妖のなかでも強い妖力を持つ大蛇の一族。御剣家とともに、人と妖、二つの世界に多大な影響力を持っている。

相生《そうしょう》……陰陽五行説における五行のお互いの関係の一つ。木火土金水の五行のあいだにある、水気《すいき》によって生じた木気《もっき》は火気《かき》を生じ、火気は土気《どき》を生じ、土気は金気《ごんき》を生じ、金気は水気を生じるという無限の循環のこと。相生の関係にあるもの同士は、相性がいい。

相剋《そうこく》……相生の反対。木気は土気を剋し、土気は水気を剋し、水気は火気を剋し、火気は金気を剋し、金気は木気を剋すという。相剋の関係にあるもの同士は、相性が悪い。相生と相剋の両方があることによって、万象は循環し、世界は安定を保っているのである。

辺《へ》津鏡《つかがみ》……太陽と豊饒《ほうじょう》、富を象徴する鏡。代々、鏡野家の当主に伝えられている。

御剣家……古くから人と妖の仲立ちを務めてきた、人間の家。政財界への影響力は大きい。

御剣流香道……陰陽師《おんみょうじ》の香道。魔を退ける力を持つ。対妖の戦闘では、五行の力を封じた呪符《じゅふ》と香を使う。

八握《やつか》剣《のつるぎ》……御剣家に伝わる、武力を象徴する剣。別名を〈青海波《せいかいは》〉という。邪を滅する力を持つ。

夜の世界の三種《さんしゅ》の神器《じんぎ》……八握剣、生玉、辺津鏡のこと。この三種の神器を手に入れたものは、絶対的な言霊《ことだま》で人も妖も支配する。〈闇《やみ》の言霊主〉になれるという伝説がある。

〈参考図書〉

『陰陽五行と日本の民俗』（吉野裕子／人文書院）
『香と茶の湯』（太田清史／淡交社）
『香道入門』（淡交ムック）
『現代こよみ読み解き事典』（岡田芳朗・阿久根末忠編著／柏書房）
『図説　日本の妖怪』（岩井宏實監修・近藤雅樹編／河出書房新社）
『図説　日本未確認生物事典』（笹間良彦／柏書房）
『鳥山石燕　画図百鬼夜行』（高田衛監修・稲田篤信・田中直日編／国書刊行会）
『日本陰陽道史話』（村山修一／大阪書籍）
『妖怪の本』（学習研究社）
『エロスの国・熊野』（町田宗鳳／法藏館）

あとがき

はじめまして。そして、前の巻から読んでくださっているかたには、こんにちは。お待たせしました。「少年花嫁《ブライド》」第八巻『聖夜と雪の誓い』をお届けします。

この巻は主人公、松浦忍《まつうらしのぶ》にかけられている「女に見える呪《のろ》い」の謎解《なぞと》きがメインになります。

果たして呪いは解けるのか、解けた後、忍と恋人の御剣香司《みつるぎこうじ》の関係はどうなってしまうのか。

そして、大蛇《おろち》一族の当主、鏡野綾人《かがみのあやと》の忍への想《おも》いの行方は……？

……こういうお話です。

残り三冊となりましたが、楽しく読んでいただけるようにがんばりますので、よろしければ最後までおつきあいくださいね。

最終巻までにもう一回、大蛇祭り（謎）がある予定です。

今回のメインの舞台は、熊野《くまの》。

梅雨《つゆ》明け前に取材に行ってきました。目的は、那智《なち》の火祭り見物。お話のなかでは火祭りは使わなかったのですが（ネタにしようと思ったのを忘れて）、五十キロもある松明《たいまつ》を抱えて参道の石段を駆けあがっていく若い氏子《うじこ》さんたちの姿は迫力満点でした。

場所取りで四、五時間並んでいるあいだに、滝の音と蟬時雨《せみしぐれ》を聞きながら、杉木立の下に横になって寝てしまったのも楽しかったです。一瞬「野宿っていいかも。気持ちいいし、夏ならOKかも」と思いました。

しかし、東京に戻ってから、編集さんにそのお話をしたところ「みんな、それで癖《くせ》になるから、やめといたほうがいいですよ」と言われました。そうか……。癖になるのですか。残念。

熊野は霊山という印象が強かったのですが、実際に行ってみたら南国リゾートでした（笑）。

温泉もあるし、鯨《くじら》や鮪《まぐろ》など海の幸も豊富で、名物の秋刀魚寿司《さんまずし》は絶品だし、いいところでしたよ。時間ができたら、また行きたいです。

す。

前の巻『虹と雷の鱗《いかずちうろこ》』のご感想のこと。

神在月《かみありづき》の出雲《いずも》を舞台にした学園物なので、「三帝」と呼ばれる同級生のゲストキャラたちが登場したのですが、この三人はけっこう好評でした。私も書いていて、楽しかったです。

鏡野静香《しずか》には「可愛《かわい》かった」というご感想が多かったです。嫌われたらどうしようと思っていたので、ちょっとホッとしました。

御剣香司には「鏡野綾人との対決シーンが格好よかった」「忍への想いを再確認できた」「呪いがどうなるか心配だけど、忍と幸せになってほしい」などなど。

松浦忍には「ますます綺麗《きれい》になった」「綾人とラブラブなところも見てみたい」などというご感想をいただきました。

綾人とラブラブ……私には想像もつきません（笑）。

ちなみに、その綾人ですが「かっこいい」「祝表紙イラスト初登場」などの喜びのメッセージが多数。「忍とのツーショットが見たかった」という欲張りな声も（笑）。

香司ファンの友人Aさんは「大蛇のくせに、香司よりお洒落《しゃれ》な服着やがって」と地団駄踏んでおりました。すみません。香司、着たきり雀《すずめ》で（泣）。

三巻以来、綾人の人気が香司を脅《おびや》かしているのですが、七巻でまたファンがどっと増えたような気がします。香司には、がんばってもらわないといけません。

なお、綾人が忍に渡そうとした白詰草《しろつめくさ》のあれについては、読者さんから「意味ありげだ」というご指摘がありました。

実は意味は何も考えていなかったのですが、後で調べたら、白詰草にはなかなか意味深な花言葉があるんですね。「私のことを思って」「約束」だそうです。

綾人が忍に預けていたムーンストーンの指輪も深い意味はないつもりでしたが、これも調べたら、びっくり。ムーンストーンには「恋人たちの石」という異名があるそうです。

私は知りませんでしたが、綾人は知っていた気がします。大蛇、恐るべし。


次回予告のこと。

九巻目の舞台は、長野県。

忍と香司は「女に見える呪い」を解く手がかりをもとめ、冬の諏訪《すわ》にむかう。

一方、鏡野継彦《つぐひこ》は八握《やつかの》剣《つるぎ》を奪うため、香司に狙《ねら》いを定める。

——生玉《いくたま》を使い、松浦忍の御剣香司への想いと記憶を封じましょう。そうすれば、御剣香司は動揺し、かならず隙《すき》を見せるはずです。

失われる記憶と想い。

混乱する忍に接近する綾人。

——ぼくが側《そば》にいるよ、忍さん。ぼくは君の敵じゃない。

——鏡野さん……？

——綾人って呼んでごらん、愛《いと》しいひと。

雪のなかで、さまよう心。

——思い出せ、忍ーっ！

砕け散る一角獣のペンダント。大地を染める赤いもの。

——おまえが死んで、永久《とわ》にあいつの心に残るのは許さない……！

凍《こお》りついた湖の上で、今、失うわけにはいかない大切なものを懸《か》けて、死闘がはじまる……！

……というようなお話です。久しぶりに三郎《さぶろう》も登場します。もちろん、愉快な妖《あやかし》も。がんばりますので、どうぞお楽しみに！

最後になりましたが、お忙しいなか、素敵なイラストを描いてくださった穂波《ほなみ》ゆきね先生、本当にありがとうございました。まだ拝見していませんが、今回はどんな表紙になるのか楽しみです。

また、お名前を挙げることは控えさせていただきますが、ご助言ご助力くださいましたみなさまに、この場を借りてお礼申し上げます。

そして、この本をお手にとってくださった、あなたに。

ありがとうございます。楽しんでいただけたら、うれしいです。
それでは、『少年花嫁《ブライド》』第九巻でまたお会いしましょう。

岡野麻里安《おかのまりあ》

岡野麻里安《おかのまりあ》先生の「少年花嫁《ブライド》」シリーズ第八弾『聖夜と雪の誓い』、いかがでしたか？
岡野麻里安先生、イラストの穂波《ほなみ》ゆきね先生への、みなさんのお便りをお待ちしております。

岡野麻里安先生へのファンレターのあて先
〒112-8001 東京都文京区音羽2-12-21 講談社 X文庫「岡野麻里安先生」係
穂波ゆきね先生へのファンレターのあて先
〒112-8001 東京都文京区音羽2-12-21 講談社 X文庫「穂波ゆきね先生」係

N.D.C.913　296p　15cm

岡野麻里安（おかの・まりあ）　　講談社X文庫

10月13日生まれ。天秤座のA型。仕事中のBGMはB'zが中心。紅茶と映画が好き。流行に踊らされやすいので、世間で流行っているものには、たいていはまっている。著書は51作となり、本書は『少年花嫁《ブライド》』シリーズ第８弾。

white heart

聖夜《せいや》と雪《ゆき》の誓《ちか》い　少年花嫁《しょうねんブライド》

岡野麻里安《おかのまりあ》

●

2006年11月５日　第１刷発行

定価はカバーに表示してあります。

発行者――野間佐和子
発行所――株式会社　講談社
東京都文京区音羽2-12-21 〒112-8001
電話　編集部　03-5395-3507
　　　販売部　03-5395-5817
　　　業務部　03-5395-3615
本文印刷一豊国印刷株式会社
製本――株式会社千曲堂
カバー印刷一半七写真印刷工業株式会社
本文データ制作一講談社プリプレス制作部
デザイン一山口　馨

ISBN4-06-255915-3

岡野麻里安の本

オカルト・ファンタジー！

イラスト／穂波ゆきね

薫風—KUNPŪ—

鬼の風水 外伝

一人前に成長した〈鬼使い〉の筒井《つつい》卓也《たくや》。だが、半陽鬼《はんようき》の篠宮《しのみや》薫《かおる》とのコンビ解消により、二人の間には隙間風《すきまかぜ》が吹きはじめている。そして、それぞれに受けた依頼で、妖《あや》しい動きの鬼道界《きどうかい》に立ち向かうことになり……。卓也と薫の恋と死闘の行方は!?

比翼—HIYOKU—

鬼の風水 外伝

卓也の父であり〈鬼使い〉の統領・野武彦《のぶひこ》が、古《いにしえ》の時代に封印された鬼の調査で佐渡島《さどがしま》へ渡り消息を絶った！　筒井家の人々が捜索を開始する一方、薫は恋人の父の安否を気遣い助力に向かう。父、息子、恋人、それぞれの視点で錯綜《さくそう》する想《おも》いは何処《いずこ》へ!?

講談社X文庫ホワイトハート

原稿大募集！

いつも講談社X文庫をご愛読いただいてありがとうございます。X文庫新人賞は、プロ作家への登竜門です。才能あふれるみなさんの挑戦をお待ちしています。

1
X文庫にふさわしい、活力にあふれた瑞々しい物語なら、ジャンルを問いません。

2
編集者自らがこれはと思う才能をマンツーマンで育てます。完成度より、発想、アイディア、文体等、ひとつでもキラリと光るものを伸ばします。

3
年に1度の選考を廃し、大賞、佳作など、ランク付けすることなく随時、出版可能と判断した時点で、どしどしデビューしていただきます。

X文庫はみなさんが育てる文庫です。
プロデビューへの最短路、
X文庫新人賞にご期待ください！

X文庫新人賞

●応募の方法

資格　プロ・アマを問いません。
内容　X文庫読者を対象とした未発表の小説。
枚数　必ずテキストファイル形式の原稿で、40字×40行を1枚とし、全体で50枚から70枚。縦書き、普通紙での印字のこと。感熱紙での印字、手書きの原稿はお断りいたします。
賞金　デビュー作の印税。
締め切り　応募随時。郵送、宅配便にて左記のあて先までお送りください。特に締め切りを定めませんので、作品が書き上がったらご応募ください。
特記事項　採用の方、有望な方のみ編集部より連絡いたします。
あて先　〒112-8001　東京都文京区音羽2-12-21　講談社X文庫出版部　X文庫新人賞係

なお、本文とは別に、原稿の1枚目に希望レーベル(ティーンズハートかホワイトハートのどちらか)、タイトル、住所、氏名、ペンネーム、年齢、職業(在校名、筆歴など)、電話番号、電子メールアドレス(ある人のみ)を明記し、2枚目以降に1000字程度のあらすじをつけてください。

原稿は、かならず通しナンバーを入れ、右上をひも、またはダブルクリップで綴《と》じるようにお願いします。また、2作以上応募される方は、1作ずつ別の封筒に入れてお送りください。

応募作品は返却いたしませんので、必要な方はコピーを取ってからご応募願います。選考についての問い合わせには応じられません。

作品の出版権、映像化権、その他いっさいの権利は、小社が優先権を持ちます。